おはなしは気《き》球《きゅう》にのって

ラインハルト・ユング／若松宣子［訳］

ハリネズミの本箱

早川書房

おはなしは気球《ききゅう》にのって

BAMBERTS BUCH
DER VERSCHOLLENEN GESCHICHTEN
by
Reinhardt Jung

Translated by
Noriko Wakamatsu
First published 2002 in Japan by
Hayakawa Publishing, Inc.
This book is published in Japan by
arrangement with
Verlag Jungbrunnen
through Japan Uni Agency, Inc., Tokyo.

さし絵：デーヴィッド・セヴァン（David Severn）

バンベルトは子どものころから背《せ》がのびず、いつまでも小さいままでした。首はほとんどなく、頭が肩《かた》にのっかっているようにみえます。歩くときはつえを手ばなせず、いつも体のあちこちが痛《いた》みました。

金色のにぎりのついた黒いつえが、バンベルトの人生のささえでした。

体は小さくても、バンベルトは偉大《いだい》な作家《さっか》でした。しかしそれを知っているのは本人《ほんにん》だけ。まだ、だれにも自分の物語《ものがたり》をみせたことがないのです。それでもさびしくはありませんでした。物語がありましたから！　物語は心のなかで生きていて、そこでは、だれもあじわったことがないほど自由に、いろいろな時代《じだい》や場所《ばしょ》へ旅《たび》することができるのです。

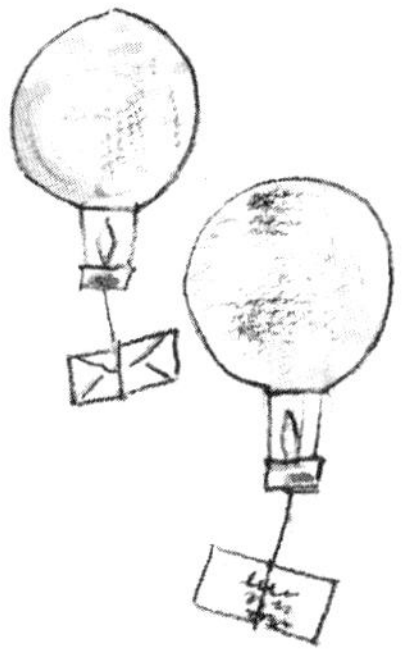

腰《こし》が痛《いた》むので、ほんものの旅《たび》はできませんでした。医者《いしゃ》にもどうしようもないのです。子どものころは病院《びょういん》でさまざまなつらい思いをしました。こちらでは筋《すじ》をのばされ、あちらでは皮膚《ひふ》をひっぱられ、骨《ほね》をけずられ、まっすぐにされ、整形《せいけい》されました。しかしけっきょく背《せ》はのびず、一生《いっしょう》このままでいるしかないと、あきらめることになっただけでした。

バンベルトは、敵《てき》の岸辺《きしべ》に打《う》ちあげられた難破船《なんぱせん》のような気分でした。こちらは夢《ゆめ》のむこう岸《ぎし》。つらいことばかりの地《ち》。あちらがわには楽園《らくえん》があるのに、手がとどかない……

両親《りょうしん》が死《し》ぬと、バンベルトは持《も》っていたお金《かね》のほとんどを使《つか》って、家の大部分《だいぶぶん》をたてかえました。下の階《かい》には雑貨屋《ざっかや》のブリュムケがすみ、小さなお店をひらくことになりました。二階から上の階はすっかりつくりかえました。身長《しんちょう》にあわせた家具《かぐ》をつくってもらい、階段《かいだん》にはレールを取りつけて、電動《でんどう》のいすでらくに屋根裏《やねうら》まで上《あ》がれるようにしました。そうして天窓《てんまど》の下へいっては、広い世界に思いをはせていました。

とくに夜は、そこでしずかに月と話をしてたのしみました。月はバンベルトとおなじくらい、たくさんの物語《ものがたり》を知っているようにみえました。まるで、世界を映《うつ》してみせてくれる鏡《かがみ》のようでした。

この光りかがやく鏡から飛《と》んでくるおはなしを、昼のあいだに厚《あつ》い本に書きこみます。そしてこの本を『希望《きぼう》の本』と呼《よ》ぶようになりました。

バンベルトは物知《ものし》りでした。小さな図書室《としょしつ》には千冊《せんさつ》もの本があって、ひとつのこらず読んでいました。そして、いつも作家《さっか》の目で世界をみていました。

けれども世界のほうはといえば、ひっそりと生きるバンベルトをまったく知りませんでした。

バンベルトも人なみに新聞は読みましたが、テレビはみませんでした。せわしない映像《えいぞう》をみていると、ひどく不安《ふあん》になるからです。おそろしい大事件《だいじけん》にはとほうにくれ、それがいくつもいっぺんにおきたりすると、なんて自分は小さくて、力がないのだろう、と思いました。それに、テレビはどこかごまかしているようで、いやでした。一歩一歩ゆっくりと生きていくことをたいせつにする自分の気持《きも》ちとは、まったく反対《はんたい》のものに思えました。

食事《しょくじ》は、ブリュムケが一階《かい》から小さなエレベーターで送《おく》ってくれました。だからほとんど家から出ることはありませんでした。

大人《おとな》にあわれな目でみられ、子どもにからかわれるのがいやで、いつもびくびくしていました。みんな、お役所《やくしょ》のようにバンベルトのことをなんでも知っているのです。大人になってもまだ子ども服《ふく》を着《き》ていることまで、知っています。

けれども、作家《さっか》だということは知られていませんでした。仕事《しごと》をしようかと思ってお役所に相談《そうだん》するといつも、体が小さいことをみせびらかしてお金《かね》をかせぎなさい、とすすめられました。しかし、そんなのはごめんでした。遊園地《ゆうえんち》で「七人の小人《こびと》」になったり、小さな体をおもしろおかしく見《み》せ物《もの》にしたりしなくても、生活はできます。小人としてはたらくのはよくないと思っているわけではありませんが、バンベルトは人間なのです。それに、作家です。体は小さくとも強い意志《いし》があるのです。

ある日、『希望《きぼう》の本』をねっしんに書いていたバンベルトは、のこりのページがもう物語《ものがたり》ひとつ分《ぶん》しかないことに気がつきました。さいごの物語は、とくべつなものにしないと！　ほんとうにおこった、ほんものの物語《ものがたり》でなくては。ただ想像《そうぞう》して書きとめただけの物語ではだめです。でも、どうしたらほんものの物語になるでしょう？

この夜、月は雲《くも》におおわれていて、答えをくれることはありませんでした。くもり空をみているうちに、バンベルトははっと気づきました。物語は、頭のなかにあったときは自由に動きまわっていたのに、『希望《きぼう》の本』に書きとめたとたん、こおりついてしまったのではないでしょうか？

物語を「ほんものにする」ためには、まず本から世界に放《はな》して、自分の力でふさわしい場所《ばしょ》をさがさせてやらなくては。町のなか、川辺《かわべ》、砂浜《すなはま》。そこにすむ人や、ほんものの景色《けしき》や、ほんものの町のなかで命《いのち》をえられるように。

そう考えたバンベルトは『希望の本』をばらばらにすることにしました。

本の表紙《ひょうし》からそれぞれの物語をちぎりとると、バンベルトは、一階《かい》のブリュムケにインク消《け》しを注文《ちゅうもん》しました。それがエレベーターで台所《だいどころ》に上《あ》がってくると、すぐに物語のなかの地名《ちめい》を消していきました。そうやって、かってにおしつけた場所から、物語を自由にしてやったのです。物語には思いがこもっているので、自分にふさわしい場所《ばしょ》をみつけられるでしょう。

しかし、登場人物《とうじょうじんぶつ》の名前はそのままにしておきました。名前を消《け》してしまっては、物語のなかの人を殺《ころ》してしまうような気がしたのです。

こうして、さいごの物語も表紙《ひょうし》からはずしました。この四ページは白いままで、まだなにも書いていません。でもこれは、場所だけでなく、物語そのものをさがしだしてくれるのではないでしょうか。やってみればわかることです。そっとねがいをこめて、四枚《まい》の白紙《はくし》もとじあわせました。

それから十一の物語をすべて折《お》りたたみ、それぞれふうとうに入れました。そしてまたエレベーターでブリュムケに、あたらしい注文《ちゅうもん》を下《お》ろしました。年老《としお》いたブリュムケはメモを読んでおどろきました。

できるだけはやく、うす紙でできた小さな熱気球《ねっききゅう》を十一個《こ》、用意《ようい》してもらえませんか。下に小さなろうそくがついていて、遠くまで飛《と》ばせるものをおねがいします。

二週間ほど待《ま》ったとき、やっとブリュムケから、ろうそくつきの熱気球《ねつききゅう》がエレベーターで送《おく》られてきました。外国からわざわざ取りよせたもので、折《お》りたたまれています。

待っているあいだに、物語《ものがたり》につける手紙の下書《したが》きはできていました。内容《ないよう》はこうです。

バンベルト

この物語は、バンベルトが書いて世界に送ったものです。物語がふさわしい場《ば》所《しょ》をさがしだして、そこでほんものになることをねがっています。これをみつけた人は、物語を送りかえしてくださいこの物語に出会《であ》った場所も教えてください。物語がどこでほんものになったかわかれば、やっとひとつの本にまとめられます。送ってくれた人には、本をさしあげます。

バンベルト

さいごに、住所《じゅうしょ》を書きました。ブリュムケ雑貨《ざっか》店気付《てんきつけ》。この手紙をそれぞれの物語《ものがたり》につけました。さいごのなにも書いていない紙にもです。この書かれていない物語こそ、いちばんぴったりの場所《ばしょ》をうまくみつけるだろうな、とバンベルトは空想《くうそう》しました。

そしてさむい夜がくるのを待《ま》つことにしました。空気がつめたいほうが、熱気球《ねつききゅう》は高く遠くまで飛《と》ぶだろう。あたたかなやさしい風では、そうはいかない、と考えたのです。

そんな夜はなかなかやってきませんでした。しかし、やっと強い東風が、町の屋根《やね》から霜《しも》をまきあげながら吹《ふ》いてきました。バンベルトは、熱気球を持《も》って電動《でんどう》いすにのり、屋根裏《やねうら》の天窓《てんまど》の下にいきました。

夜中《よなか》の三時のことでした。みんながねむっている時間なら、だれもみていませんし、カラスも飛行機《ひこうき》も飛んでいないはずです。うす紙の熱気球でも、ぶじに飛んでくれるでしょう。紙がうすいから、そっと飛ばしてやらなくては。

この夜、まず三つの物語《ものがたり》が飛《と》びたちました。ひらいた大窓《しんまど》から外に出て、ゆっくりと夜の空をのぼっていき、おぼろ月のようにすがたを消《け》しました。バンベルトはこれまでになくしあわせな気分になりました。

さいごに白紙《はくし》のままの物語を放《はな》ったのは、二月のことでした。夜風《よかぜ》はくるくるむきをかえていました。おごそかな瞬間《しゅんかん》でした。

しかしそれから、ただ待《ま》つだけの長い時間がはじまりました。何度《なんど》も世界地図《せかいちず》をみて、風のむきを指《ゆび》で追《お》っては、どの物語がどこにとどくか考えました。

春と夏がすぎ、秋風が屋根《やね》のかわらをゆらしはじめましたが、物語がほんものになるべき場所《ばしょ》をみつけたという知らせは、ただのひとつもとどきませんでした。

バンベルトは心配《しんぱい》になってきました。どのくらい、海に落《お》ちてしまったろう？　木のこずえにひっかかってしまった物語は？　なんてばかなんだ。なぜ、たいせつな物語を風まかせにしてしまったんだろう。

しだいに、いらいらするようになりました。

夜《よ》ごとにつえをついて歩きまわり、自分をしかりつけました。食欲《しょくよく》もなくなり、やせていきました。

エレベーターで、小さな三つのパンが朝食《ちょうしょく》に送《おく》られてきても、二つを送りかえしました。そのかわりに、コーヒーをがぶがぶと飲《の》むようになりました。『希望《きぼう》の本』はゆっくりと、『失《うしな》われた物語《ものがたり》の本』になっていきました。

また冬がめぐってきました。ある日のお昼ごろ、下からエレベーターが上《のぼ》ってきました。バンベルトはテーブルで世界地図《せかいちず》にむかっていて、エレベーターが自動的《じどうてき》にひらいてもちらりともみようとしませんでした。おなかがまったくすかなくて、お昼ごはんを食べる気がしなかったのです。

エレベーターをそのまま送りかえそうとしたとき、ふうとうがのっていることに気がつきました。外国の切手がはってあります。へたな字であて名が書かれています。

とつぜん体があつくなり、両手《りょうて》がふるえだしました。うそみたいだと思いながら、ふうとうを取りあげ、テーブルにおきました。

手紙はアイルランドのドネゴール湾《わん》からのものでした。切手にはダブリンの消印《けしいん》がおしてあります。

アイルランドへ飛《と》んでいってほんものになったのは、どの物語《ものがたり》だろう。

ふうとうをやぶると、出てきたのは「海のなかの目」のおはなしでした。本から切りとった、なつかしい紙をひらくと、あいている地名《ちめい》のところに「アイルランド」、「ドネゴール湾」という文字を書きいれました。そして物語を読みなおしました。たしかにそれは、まさにアイルランドでおこるべき物語でした。

海のなかの目

アイルランドの西海岸《にしかいがん》にむかし、少年がすんでいました。少年の父親《ちちおや》には仕事《しごと》がありませんでした。

毎朝《まいあさ》、潮《しお》がひくと、少年は砂浜《すなはま》を歩き、夜のうちに潮にのって浜に流《なが》れついたものを集めました。板《いた》きれ、たる、荷箱《にばこ》、缶《かん》、びん。そんなものをすべて家まで引きずっていくのです。

ある朝のことでした。なぜかなにもみつかりません。どこかいつもとちがう朝でした。入《い》り江《え》をさがしまわっても、なにもありません。

しかしやがて、暗《くら》いかげが目にとまりました。浅瀬《あさせ》になにかつきだしています。岩のかたまりにちがいありません。夜のあいだに、どこかから流《なが》れてきたんだな。それでいつもとちがう気がしたんだ。少年はほっとしました。

でも、こんな岩のかたまりがあったら、波《なみ》がくだけるから、ずっとまえに気づいたはずなのに。それに、こんなに大きいものが急《きゅう》にあらわれるなんて、へんだぞ。みにいってみよう！

少年はゆっくりと浅瀬を歩いていきました。

砂から生まれでたかのような岩をじっとみつめながら、ぐるりとまわりを歩いてみました。潮はまだしばらくはひいているようです。風も陸《りく》から海にむかって吹《ふ》いています。

けれども少年はおちつかない気分でした。なにかにうしろからみられているようです。まわりをみまわしましたが、だれもいません。

カモメが風にのって空高く舞《ま》っていました。海の上はまったくしずかです。少年はもういちど、岩のほうにむきなおりました。

そのとき、だれかが深《ふか》いため息《いき》をついたような気がして、少年は立ちどまりました。岩が息をはきだしたみたいだ。

まるい岩のかたまりをよく調《しら》べてみました。すると、水面《すいめん》のすぐ上に目があるではありませんか。その目が少年をじっとみています。大むかしから生きているような目を大きくひらいて、じっとみつめて

います。

少年はびっくりして、みかえしました。だいぶたってから、ようやく月をそらし、両手《りょうて》で水をすくうと、ひらいたままの目にそっとかけてやりました。涙《なみだ》のかわりです。陸《りく》から吹《ふ》いてくる風で、目がかわかないようにと思ったのです。

なぜそんなことをしたのか、自分でもわかりませんでした。ただ、いっしょうけんめい考えていました。

「どこからきたの？　だれに呼《よ》ばれたの？」

すると、岩のかたまりがぶるっとふるえ、声のない思いが少年の心につたわってきました。

「おまえをさがしていたんだよ。やっとみつかった。おまえ、ほんもののおまえだね」

少年はすっかりおどろいて、なにもいえませんでした。

「おぼえているかな？　百年もむかし、わたしがまだおまえのように小さかったころを？」

少年は首をふって、ひらいたままの目をまた水でしめらせてやりました。

「百年まえ、わたしはこの入《い》り江《え》にやってきた。あそびたかったんだよ。しかし、なにかにひっかかってしまった。さからって、ふりほどこうとしたが、むだだった。目にみえない海草《かいそう》がからまり、どんどんきつくしめつけられた。深《ふか》く安全《あんぜん》な暗《くら》やみから引きずりだされ、浅瀬《あさせ》までつれてこられた。そこでようやく、相手《あいて》のすがたがみえた。

みな、まっすぐに立って歩いていた。頭に海草をひっかけ、いくつも皮《かわ》をまとっていた。

わたしは岩のあいだにひっぱりこまれた。そこは岩にかこまれ、水《すい》そうのようになっていた。潮《しお》がひいても水はなくならず、潮が満《み》ちると、きれいな海水《かいすい》が流《なが》れこむ場所《ばしょ》だったよ。あばれてにげようとしたが、おさえつけられてしまった。

ひとりがとがった物《もの》を投《な》げつけてきた。それは肉《にく》までつきささった。にげるどころではなかった。べつの者《もの》には、こん棒《ぼう》でなぐられた。あわてて奥《おく》にもぐった。さっきの傷《きず》がずきずきと痛《いた》んだ。

なぜ？　なぜ、こんなことをするんだろう？　ふしぎでしかたなかった。

しかし夜になって、おまえがやってきてくれたね。ほかの者《もの》もいっしょだったな。わたしはこわかった。でも、おまえはわたしのけがに気づいて、海を目から流してくれた。

わたしは水面《すいめん》に上《あ》がっていった。おまえはその手でなでてくれた。おまえも、ほかの者たちも、みな小さかった。いまもおまえは小さいのだな。おまえは気《き》の毒《どく》がって、小さい声で歌をうたってくれた。そのうえ、目にみえない海草《かいそう》を切り、外に出る道を教えてくれた。

そこに大きな者がやってきた。おまえは水そうをひらいた。

『にげるんだ！』おまえはささやいた。『にげろ！　みんながきたら、殺《ころ》される！』

それからずっとおまえをさがしていたんだよ。すこしもかわっていないな。わたしは年をとった。でも、もういちど会いたかったんだよ。ありがとう。さようなら！」

そのとき頭のすぐ上を、カモメがするどく鳴《な》きながら飛《と》んでいきました。少年はおどろいてとびあがりました。満《み》ち潮《しお》だ！　いそいで砂浜《すなはま》にもどらないと、水が深《ふか》くな

って帰れなくなる。

岩の目はもう水のなかにもぐっていました。もう心配《しんぱい》はなさそうです。

夢《ゆめ》をみていたのかな。少年はけんめいに走って、砂浜《すなはま》にもどりました。

「あれをみたかい？」

家に入《はい》ると、父親《ちちおや》がききました。

「あれって？」

少年はききかえしました。

「くじらが流《なが》れついていただろう。ドネゴール湾《わん》に」

「くじら？」

「くじらがこの入《い》り江《え》にすがたをみせたのは、百年ぶりなんだよ」と、父親は語《かた》りはじめました。「ひいおじいさんが、その話をしてくれた。子どものくじらでな。漁師《りょうし》の網《あみ》につかまったんだ。漁師《りょうし》たちは、岩の水《すい》そうに引きこんだ。

ひいおじいさんはそのときまだ子どもだった。漁師たちはくじらを殺《ころ》して、その体から油《あぶら》を取ろうとしたんだ。ランプに使《つか》えるからな。

だが子どもたちは、つかまったくじらをかわいそうに思った。くじらのほうも、まだ子どもだったからかもしれないな。夜になると、子どもたちは小さなくじらを水そうからにがしてやった。

ひいおじいさんは、ひどくなぐられたそうだ。何度《なんど》も話してくれたよ」

少年は父親《ちちおや》をじっとみつめていましたが、ついにたずねました。

「それ、ほんとうの話？」

「もちろんだとも」父親はつぶやくようにいいました。「信《しん》じないんだったら、教会《きょうかい》の古い記録《きろく》を調《しら》べてごらん。でなかったら、コノロイじいさんにきいてみろ。あの人のおじいさんも、そのときいっしょだったそうだから。

それで、おまえは？　浜《はま》はどうだった？　なにか売《う》れるものはみつかったか？」

「なにも」少年はそう答えたきり、だまりこみました。

しばらくしてやっと、バンベルトはわれにかえりました。台所《だいどころ》にいることもわすれていたのです。そして、ひとりごとをいいました。もしかすると、砂浜《すなはま》にたどりついた熱気球《ねつききゅう》をひろったのは、この少年自身《じしん》だったのかもしれないな。

熱気球のざんがいをみつけて、これ、どうする？　と、父親《ちちおや》にきいたのでしょう。すると父親が手紙をかわかし、ことばがわかる人をさがして、返事《へんじ》を書いて送《おく》ってくれたのではないでしょうか。きっとそうだ。バンベルトははっきりとそう感じました。つけてあった手紙を読むまでもありませんでした。

バンベルトは「海のなかの目」の物語《ものがたり》が書かれた紙を、用意《ようい》しておいたファイルにはさみ、ほかの十の物語ももどってきますように、とねがいました。

あくる朝、ブリュムケはおどろきました。バンベルトは朝食《ちょうしょく》の小さなパンを三つとも、きれいにたいらげていました。これまでのように、食べずにもどしてきたパンは一つもありません。これはいいしるしだぞ。

一週間も待《ま》たないうちに、二つめの物語《ものがたり》がもどってきました。こんどは、ブリュムケがじかに持《も》ってきてくれました。

バンベルトはガウンを着《き》たまま、にこにこと朝食を食べていましたが、あわててテーブルをかたづけると、手紙を受《う》けとり、ねっしんに切手を調《しら》べはじめました。スペインという文字と、国王の絵がかいてあります。手紙のさしだし人は、マリア・ゴンザレス＝オリヴァ。コルドバのムーア宮殿通《きゅうでんどお》りからです。

バンベルトはふうとうから物語を取りだし、すっかり夢中《むちゅう》になってしまいました。ブリュムケは、そっとドアをしめて出ていきました。バンベルトがひとりでそのふしぎな手紙を読めるようにしてあげたかったのです。

バンベルトは物語の書かれた紙を広げ、舞台《ぶたい》となった場所《ばしょ》を、「コルドバ」と書きいれました。「グアダルキビール川」という名前も書いておきました。子どものころに学校で、コルドバとセビリアの町はこの川のほとりにあると習ったからです。

この物語《ものがたり》は「コルドバのおひめさま」という題《だい》になりました。

コルドバのおひめさま

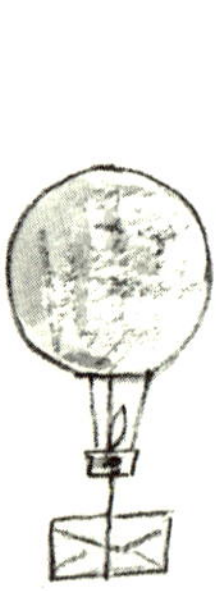

スペインのグアダルキビール川のほとりには、コルドバという古い町があります。そこにはいまでも、ムーア宮殿《きゅうでん》という、りっぱなお城《しろ》がのこっています。千年以上《いじょう》むかしには、ムーア人の王カリフがこのお城にすんでいたのです。
カリフにはむすめがひとりいました。うつくしいだけではなく、かしこいむすめでした。
このおひめさまが、しきたりによって結婚《けっこん》することになりました。しかしおひめ

さまは、だまって知らない人と結婚《けっこん》させられる気は、さらさらありませんでした。そこで、ひとつの条件《じょうけん》をいいわたしました。結婚したいという者《もの》は、おくりものとして真実《しんじつ》へのかぎを持《も》ってくること！

おむこさん選《えら》びの日、コルドバの通《とお》りはうつくしくかざりつけられました。グアダルキビール川には豪華《ごうか》な帆船《はんせん》が集まってきました。りっぱな馬が金色の馬車を引いて、足どりもかるく町を進《すす》んでいきます。さまざまな旗《はた》があちらこちらの窓《まど》からかかげられ、たくさんの人々《ひとびと》が宮殿《きゅうでん》までの道ぞいにならびました。そのあいだを求婚者《きゅうこんしゃ》たちが、おつきの者たちを引きつれてお城《しろ》にむかっていきます。

お城《しろ》ではみんな、ざわめき、興奮《こうふん》していました。おひめさまは王さまのとなりで銀のいすにすわり、柄《え》のついためがねを手にして、じっと金色のとびらをみつめていました。

伝令《でんれい》たちがらっぱを吹《ふ》きならしました。ひそひそという話し声がぱっとやみました。ドレスがさらさらとすれあっていた音もしずまりました。

とびらが両側《りょうがわ》にひらき、侍従長《じじゅうちょう》が高らかにいいました。

「ヴァルポリチェッラ伯爵《はくしゃく》が、黄金《おうごん》の町ベニスからお出ましです。おひめさまに真実《しんじつ》へのかぎをさしあげたいと、おゆるしをねがっております！」

カリフはうなずきました。おひめさまも、かしこそうな顔でかるくうなずき、お目どおりをゆるしました。

ヴァルポリチェッラ伯爵は堂々《どうどう》たるようすの人物《じんぶつ》でした。おつきの者《もの》たちが、「ヴァルポリチェッラ特製《とくせい》」という最高級《さいこうきゅう》ワインの小さなたるを、引きずるようにしてはこんできました。

「ドルチェ・プリンツェッサ」というと、伯爵《はくしゃく》は優雅《ゆうが》におじぎをしました。「イン・ヴィーノ・ヴェリタス」

これを伝令《でんれい》が翻訳《ほんやく》します。

「かわいいおひめさま、真実《しんじつ》はワインのなかにあります！」

おひめさまはほほえみました。自信《じしん》たっぷりなようすのベニスの伯爵と、ワインのたるをじっとみつめ、柄《え》つきめがねを下《お》ろすと、伯爵に、たるの中身《なかみ》をすべて飲《の》みほして

ください、といいました。

しばらく時間がかかりましたが、おひめさまはじっと待《ま》ちました。そしてまた柄《え》つきめがねを取りあげたとき、伯爵《はくしゃく》はすっかりよっぱらっていました。

「ド、ド、ドルーチェ・プ、プ、プ、プリンツェ……」

伯爵はろれつのまわらない舌《した》でまだ話していましたが、おつきの者《もの》に引きずられ、出ていきました。

床《ゆか》にのこったヴァルポリチェッラ伯爵の真実《しんじつ》のあとがやっとかたづくと、すぐに侍従長《じじゅうちょう》がふたりめの求婚者《きゅうこんしゃ》を呼《よ》びあげました。

「クシの太守《たいしゅ》の皇太子《こうたいし》殿下《でんか》のお出ましです！」

皇太子は、ヒマラヤから象《ぞう》にのってやってきていました。大きくて重い箱《はこ》を、おひめさまのまえにはこばせ、いいました。

「うるわしき、水蓮《すいれん》の花のようなおひめさま！　真実へのかぎを持《も》ってまいりました！」

皇太子は大きな声でつげると、箱のふたを取りました。カリフの大臣《だいじん》たちはみな、目がくらんで身《み》うごきもできませんでした。箱《はこ》いっぱいに、あふれんばかりの金貨《きんか》がつまっていたからです。

みな、とりつかれたように、高価《こうか》なおくりものにみいっています。しかしおひめさまだけは、まゆをひそめていいました。

「お金《かね》があれば、どんなものでも買《か》えますが、真実《しんじつ》へのかぎは買えません。お金で買った真実はみにくく、うらぎりのにおいがします」

「そう、それで？」クシの太守《たいしゅ》の皇太子《こうたいし》はたずねました。

「それだけです！」おひめさまが答えました。

皇太子は箱のふたをとじました。大臣《だいじん》たちはざんねんそうにため息《いき》をつきました。

「ため息はおやめなさい！」おひめさまはいいました。「このかたと結婚《けっこん》するのは、わたくしですよ。おまえたちではありません！

では、次のかた、どうぞ！」

クシの太守の皇太子は考えこんだまま宮殿《きゅうでん》をあとにしました。さっきの「それで？」「それだけです！」というやりとりは、どういう意味《いみ》だったのかな？　考えながら象《ぞう》によじのぼり、箱《はこ》をうしろに積《つ》むと、帰り道をたどりはじめました。

通《とお》りにいる人々《ひとびと》はしずまりかえっていました。結婚《けっこん》をことわられたみじめな皇太子《こうたいし》を、すぐにでもからかってやろうかと考えているようです。しかし皇太子は、みなにちやほやされるのがふつうだと思っていたので、箱をあけると、両手《りょうて》いっぱいの金貨《きんか》を、しずまりかえった人々にほうりなげました。

「ばんざい！　ばんざい！　ばんざい！」みなは夢中《むちゅう》になって声をあげました。

「それでは！」といって、皇太子はわらいました。するとどこからか「それだけです！」という声が、かすかに聞こえた気がしました。

一方《いっぽう》、宮殿《きゅうでん》では、伝令《でんれい》がまたらっぱを吹《ふ》きならし、侍従長《じじゅうちょう》が三番めの求婚者《きゅうこんしゃ》の到着《とうちゃく》をつげました。

「サモス＝イカリア島《とう》を治《おさ》める血《ち》の専制君主《せんせいくんしゅ》、ポリクラティスさまのお出ましです！」

ポリクラティスが入《はい》ってきました。玉座《ぎょくざ》の間《ま》の中央《ちゅうおう》までくると、布《ぬの》のかかったかごをおきました。そして用心深《ようじんぶか》い目つきで、じろりとみんなをみまわしました。

それから、ゆっくりと布《ぬの》を取りあげました。大臣《だいじん》たちはあとじさりました。毒《どく》ヘビがかまをもちあげ、かごから体をのりだして、舌《した》をちょろちょろと出したのです。

血《ち》の専制君主《せんせいくんしゅ》は、ふたたび布をかごにかけました。そしていばったようすで大臣たちを指《ゆび》さし、いいはなちました。

「おそれこそ、真実《しんじつ》へのかぎです！」

おひめさまは魔法《まほう》にかけられたようにじっとしたまま、顔をめがねでかくしていました。広間《ひろま》はしずまりかえっています。

サモス＝イカリア島《とう》の血の専制君主はおじぎをして、しずかに話しはじめました。

「真実は、エジプトのファラオのピラミッドのように偉大《いだい》です。ピラミッドはおそれから生まれました。死《し》へのおそれからです。

偉大なものはすべておそれから生まれたのです。暗《くら》やみへのおそれから明かりが生まれました。しずけさへのおそれからは、ことばが。そして、わすれることをおそれたからこそ、文字が生まれたのです。他人《たにん》を支配《しはい》したければ、自分をおそれさせるのが一番です」

おひめさまはおもしろそうにまゆを上《あ》げました。サモス＝イカリア島《とう》の血《ち》の専制君《せんせいくん》主《しゅ》は、それをみのがさず、つけくわえました。

「真実《しんじつ》をかくそうとしても、拷問《ごうもん》をくわえるふりをすれば、おそれてだれもがさしだします！」

大臣《だいじん》たちはみなすくみあがりました。青ざめた家来《けらい》も半分《はんぶん》くらいいます。みなひそかに考えていました。おひめさまがこのポリクラティスをえらんだら、たいへんな目にあうぞ！

おひめさまはだまったままです。そして、いつもお城《しろ》でぺこぺこしてばかりいる家来たちが苦《くる》しそうな顔をしているのを、じっとみていました。こうしてすこしだまっていれば、しばらくは宮殿《きゅうでん》から、ぬすみや品《ひん》のないうわさ話、わいろ、よからぬたくらみなどが、なくなるのではないかしら。

家来たちがさんざん苦しみ、いちばんおそろしいことまで想像《そうぞう》したとき、おひめさまは大きな声でいいました。

「もういいでしょう。ヘビのかごを持《も》って、サモス＝イカリア島《とう》にお帰りください。

わたくしたちの王国はさほど大きくないので、ピラミッドをたてる必要《ひつよう》はありません。それに、わたくしは拷問《ごうもん》はきらいです。そうして生まれた真実《しんじつ》など、大きなごまかしです。

おそれはたしかに大きな力です。しかしもっと強力なものは、神々《かみがみ》のなかでもっとも小さな神、すなわち愛《あい》の神です。

愛がなくて、子どもが生まれますか？　女はみな、出産《しゅっさん》の痛《いた》みにおそれを感じます。それでも女は夫《おっと》を抱《だ》きしめ、何度《なんど》でも痛みにたえて子どもを生むのです。もっとも小さな愛の神が、もっとも大きなおそれに打《う》ち勝《か》つことができるのです。出ていきなさい！　あなたのつめたい手で、わたくしの肌《はだ》にふれてほしくはありません！」

大臣《だいじん》たちはほっと息《いき》をつきました。ポリクラティスは青ざめ、じっと一点をみつめています。そしてやがて、広間《ひろま》を出ていきました。

外では「ばんざい！　ばんざい！」と声があがりました。また金貨《きんか》をもらえると期《き》待《たい》しているのです。しかしポリクラティスは、馬車を出しながらむちをふりまわし、集まった人々《ひとびと》を追《お》いはらいました。コルドバでいちばん勇気《ゆうき》のあるおろかものでさえ、去《さ》っていくポリクラティスにむかってしかめっつらをするのがやっとでした。

「次のかた、どうぞ！」おひめさまがため息《いき》をつきながらいいました。

侍従長《じじゅうちょう》はとまどっていました。伝令《でんれい》たちもこまっていました。大臣《だいじん》たちも顔をみあわせました。

おひめさまのごきげんをそこねないように、おつたえするにはどうすればいいのでしょう。「次のかた」などいなかったのです！

みな消《き》えさっていました。クシ太守《たいしゅ》の皇太子《こうたいし》の富《とみ》におじけづいた者《もの》もいれば、ポリクラティスがおそろしくてにげさった者もいました。しかしほとんどは、コルドバのおひめさまのかしこさにおどろき、にげだしていたのでした。

おひめさま自身《じしん》は、おちつきはらっていました。そして顔を柄《え》つきめがねでかくしました。目にうかんだほほえみを、みせるわけにはいかなかったからです。

バンベルトはふと、道化師《どうけし》としてこのおひめさまに仕《つか》えられたら、と思いました。しかし、宮殿《きゅうでん》に道化師や小人《こびと》がいた時代《じだい》は、とうのむかし。ざんねんだな。いくらでも知恵《ちえ》をかしてあげられたのに。

バンベルトは、おひめさまを物語《ものがたり》のなかでつくりあげたとたん、ひそかに恋《こい》におちていました。ただ、そのときは、おひめさまがスペインにすんでいたとは考えてもみませんでした。しかし、かつてスペインを治《おさ》めていたムーア人の王、カリフのむすめというのは、いかにもふさわしいと思いました。

ムーア人の支配者《しはいしゃ》から、ヨーロッパ人は数字を学びました。ほかにも建築《けんちく》や医学《いがく》、数学《すうがく》、天文学《てんもんがく》など、ムーア人がつたえたものはたくさんあります。しかもムーア人は、めがねの発明者《はつめいしゃ》だともいわれています。すきとおった緑色《みどりいろ》の石をうすく切りだして、

レンズをつくったのです。

かしこい人々《ひとびと》。そしてかしこいおひめさま。

バンベルトはため息《いき》をつきました。そしてテーブルにうつぶせると、そのままねてしまいました。


バンベルトは、熱気球《ねつききゅう》のゴンドラにのっている夢《ゆめ》をみました。北東《ほくとう》からの強い風にのって、まっすぐコルドバに飛《と》んでいき、宮殿《きゅうでん》の中庭《なかにわ》にそっと着地《ちゃくち》します。コルドバのおひめさまは丁重《ていちょう》にもてなしてくれました。そして物語《ものがたり》で、大酒飲《おおざけの》みのヴァルポリチェッラ伯爵《はくしゃく》や、クシの太守《たいしゅ》のいばりやの皇太子《こうたいし》や、冷酷《れいこく》なポリクラティスをはねつけることができてうれしかった、とお礼《れい》をいいました。

「いえ、とうぜんのことです！」

バンベルトは真《ま》っ赤《か》になりながらも、つつしみぶかく答えました。しかしすぐにいたずらっぽく、真実《しんじつ》へのかぎはみつかりましたか、とたずねました。

おひめさまは明るくわらって、バンベルトにうでをまわし、キスをしました。これほど愛情《あいじょう》をこめて抱《だ》かれ、キスをされたのははじめてのことです。

おひめさまは、バンベルトの髪《かみ》にふれていいました。

「だって、真実《しんじつ》へのかぎはあなたが考えたものでしょう！」

このとき伝令《でんれい》が入《はい》ってきて、つえで床《ゆか》をトントンとつきました。

「次のかた、どうぞ！」

そこでバンベルトは目がさめました。

トントンという音はまだつづいています。テーブルから顔を上《あ》げ、立ってドアをあけにいくと、ブリュムケがふうとうを持《も》って立っていました。

「さあ、また手紙がきましたよ。どうぞ！」

まだねぼけまなこのバンベルトは、みたことのない文字であて名が書かれているのに気づいていません。

「ロシア語《ご》のようですね」

ブリュムケがいいました。子どものころロシアの占領地《せんりょうち》にすんでいて、ロシア語を学ばされたことがあったのです。

「読んでもらえますか？」

やっと目がさめたバンベルトはたのみました。

「まだおぼえているかわかりませんが、やってみましょう」

「たしか、ロシア語《ご》の辞書《じしょ》を持《も》っていた気がするな」

バンベルトはふと思いついて、図書室《としょしつ》にいくと辞書を取ってきました。台所《だいどころ》にもどってくると、すでにブリュムケは、さしだし人の名前と住所《じゅうしょ》を訳《やく》していました。

名前はアンジェイ・コルシュノフ。住所は、ロシアの首都《しゅと》モスクワのクレムリン。文部省文化事務官《もんぶしょうぶんかじむかん》。

「すごいな、ブリュムケさん！」

もうコルドバのおひめさまを、ほとんどわすれていました。ただ顔のほんのりとした赤みで、ついさっき、おひめさまにキスされたのがわかるくらいでした。

「なにか飲《の》んだほうがいいですよ、バンベルトさん。顔がかっかとあついときにはききますよ。すぐに持ってきましょう！」

バンベルトが心ここにあらずといったようすでうなずいたので、ブリュムケは下のお店をあけにもどりました。

バンベルトはどきどきしていました。どの物語《ものがたり》が、モスクワのクレムリンをほんものになる場所《ばしょ》にえらんだのだろう。

ふうとうをあけると、入《はい》っていたのは「動く光」の物語でした。

ロシアの地名《ちめい》やことばを書きいれていきます。「王」は、ロシア語《ご》で皇帝《こうてい》を意味《いみ》する「ツァーリ」になり、「お城《しろ》」は「クレムリン宮殿《きゅうでん》」に、町の名前は「モスクワ」になりました。物語が、西風にのって長い旅《たび》をしたはてについた場所です。

そして台所《だいどころ》のエレベーターが上《あ》がってくるのを待《ま》ちました。するとミネフルウォーターの箱《はこ》と、なんと赤ワインのびんが送《おく》られてきました。

バンベルトは思わずにっこりしました。赤ワインは夕方にとっておくことにして、ミネラルウォーターをコップにそそぎ、さっそく読みはじめました。

動く光

　ロシアの首都《しゅと》モスクワ。この古い町には、かつてはツァーリがすみ、国を治《おさ》めていました。心やさしいツァーリもいれば、残酷《ざんこく》なツァーリもいました。残酷なツァーリのもとでは、詩《し》人《じん》たちはひどく苦《くる》しみました。

　ツァーリのほんとうのすがたについて語《かた》ると、詩人は首をはねられました。うそをつかないですむように、おとぎばなしを語ると、地《ち》下《か》牢《ろう》に入れられました。ツァーリをたたえることばがなかったためです。地下牢は、クレムリン宮殿《きゅうでん》の石がしかれた中庭《なかにわ》のずっと地《ち》下《か》深《ふか》くにありました。

　そこではロシアの詩人や哲学者《てつがくしゃ》が、深い暗《くら》やみのなかでくらしていました。一日にいちど、太陽《たいよう》がいちばん高いところにのぼったときだけ、墓《はか》のなかのような地下牢に光がさしこみます。天井《てんじょう》のあなから入《はい》ってきて、ほんの数分間《すうふんかん》だけ、地下牢の床《ゆか》にし

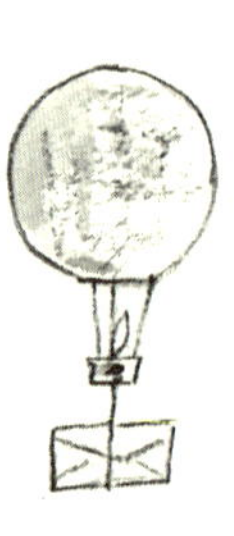

かれたわらの一部《いちぶ》を明るくてらすのです。光はわらの上を動いていき、むかいの壁《かべ》にとどくと、壁をつたって上《あ》がり、消《き》えていきます。

一日にたったいちどきり、太陽《たいよう》が高くのぼるときだけ。

ある日、太陽の光がまた、わらに光の島《しま》をつくりました。ゆっくりとむかいの壁にむかって動きはじめたそのとき、囚人《しゅうじん》たちは、光の島のなかに子どもがすわっているのをみた気がしました。日記をひらいてなにか書きこんでいます。

はじめは、みな、まぼろしをみているのだと思いました。だれもなにもいいませんでしたが、とうとうひとりが口をひらきました。

「だれか、子どもをみなかったかい？」

そしてとつぜん、みまちがいではなかったとわかったのです。

囚人たちはざわめきました。鉄格子《てつごうし》をがたがたとゆらして、みはりを呼《よ》びました。

「子どもを自由にしてやれ！　まだすこしでも心があるなら、子どもを自由にしてやれ！」

「しずかにしろ！　おまえたち、おかしくなったのか？」と、みはりがわめきました。

そしてたいまつで地下牢《ちかろう》をてらしました。

「子どもなどいないじゃないか。ツァーリが子どもを入れるわけがないだろう。

子どもがいるなら、こっちにこい！　すがたをみせてみろ。いるなら、自由にしてやる」

しかし、子どもは出てきません。

「わかったな！」みはりは大声でいうと、もどっていきました。たいまつも持《も》っていってしまったので、囚人《しゅうじん》たちはまた深《ふか》い暗《くら》やみのなかにのこされました。

さっきはたしかに、子どものすがたがありました。しかし、いまはまた真《ま》っ暗《くら》で、子どもなどみえません。

次の日、また太陽《たいよう》がのぼり、わらに光の島《しま》をてらしだしました。すると、子どもがまた暗《くら》やみから出てきて光のなかにすわり、日記をひらきました。そして日記を書いていましたが、光が動きだすと、いっしょに動いていきました。光が牢屋《ろうや》を横《よこ》ぎり、むかいの壁《かべ》を上《あ》がっていくと、子どもも消《き》えました。

「なにを書いていたのかね？」

囚人《しゅうじん》のひとりが暗やみにささやきかけました。

「ぼくたちがにげる物語《ものがたり》を日記に書いてたんだよ」子どもが答えました。

「おまえ、にげるつもりかね？」囚人がききました。「つかまって、命《いのち》を取られてしまうぞ！」

「みんなにげられるよ。もうぼくが書いたんだから」

子どもは、しっかりとした声で答えました。

「読んで聞かせておくれ！」

「あしたね。あした、また光がやってきたらね」

囚人たちが、これほどびくびくしながら、一日にいちどだけさしこむ日の光を待《ま》ったことはありませんでした。あくる日、やっと光がわらの上を歩きはじめました。地《ち》下牢《かろう》の床《ゆか》を動いていき、日記をひらいた子どもの上に落《お》ちました。子どもは読みはじめました。

「むかしむかし、クレムリン宮殿《きゅうでん》の中庭《なかにわ》の地下深《ちかふか》くに、地下牢がありました。みはりでさえ、いやいやくるような地下牢でした。

毎日たったいちど、さしこむ光だけが、囚人《しゅうじん》たちの味方《みかた》でした。日の光が暗《くら》やみを横《よこ》ぎっていくのです。それを子どもがみていました。

子どもは日記に書きました。『みんな日の光にのってにげられる。日の光がぼくたちをてらしだし、はこんでくれる。光の島《しま》にのって、牢屋《ろうや》の外につれだしてもらえる。光が自由への道をひらく。ここにつかまっている人たちはみんな、自由を重《おも》んじる心を持《も》っている。日の光にのっていけば、地下牢の力からのがれられるんだ』」

そして地下牢の壁《かべ》で光は消《き》えました。詩人《しじん》や哲学者《てつがくしゃ》である年老《としお》いた囚人たちは、感《かん》動《どう》してだまったままでした。ほとんどの者《もの》はしずかに泣《な》いていました。

子どもの詩《し》に文句《もんく》をいおうとする者はいませんでした。どうして子どもから希望《きぼう》をうばえるでしょう。その希望《きぼう》が、正しい人はかならず勝《か》つというおとぎばなしのなかでしか、実現《じつげん》しないものだったとしても。

あくる日、日の光が牢屋《ろうや》を横《よこ》ぎったとき、とつぜん子どもがかん高い声でさけびました。

「みはりばん、こっちにこい！　囚人《しゅうじん》たちがあばれているぞ！」

すぐにみはりがやってきて、牢屋をあけました。

「動くな！」

それにしても、この光はどこからさしこんでくるのだろう。目のまえにころがっている、あれはいったいなんだろう。

みはりがひとり、子どもの日記を取りあげ、声に出して読みはじめました。ほかのみはりも近づいて、日記をのぞきこみました。

こんなものを読んだことが、いままであったでしょうか。「みんな日の光にのってにげられる」そして「日の光がぼくたちをてらしだし、はこんでくれる」こんなばかな話を読んだことがあるでしょうか。

「日の光にのってにげるだと？　とんでもない大ばかだ！」

みはりたちは大声でわらい、太ももをたたきました。

そのとき、みはりたちのうしろで、地下牢《ちかろう》のとびらがしまりました。つづいてかんぬきがかけられました。みはりはとじこめられてしまったのです。

囚人《しゅうじん》たちはにげだしました。

二日《ふつか》たってようやく、宮殿《きゅうでん》の者《もの》が、地下牢のみはりのすがたがみえないことに気がつきました。そして調《しら》べにいくと、なんとみはりが牢屋《ろうや》にとじこめられているではありませんか。

みはりたちはすぐに外に出されました。おかしなことを口ばしっています。地下牢《ちかろう》にあらわれた子どもや、日の光の話。そしておかしなことばだらけの日記をみせるのです。「光の島《しま》にのって、牢屋の外につれだしてもらえる」

みはりたちは、くびになりました。
クレムリンの中庭《なかにわ》のゆるんでいた敷石《しきいし》はもどされ、あなはすっかりふさがれました。
だれも気づかなかったあなでした。
この日から、日の光が地下牢《ちかろう》を横《よこ》ぎることはなくなりました。

バンベルトは、台所《だいどころ》の窓《まど》をあけて、深呼吸《しんこきゅう》をしました。地下牢からにげだしてきたような気分でした。
ぼくが書いた物語《ものがたり》だ。ぼくが、子どもと詩人《しじん》たちを外に出してやったのだ。日の光によって！
体に力がわいてくるようでした。体は小さくても、偉大《いだい》なことをなしとげられるのです。

満《み》ちたりた気分で、コルクぬきをとり、ブリュムケから送《おく》られた赤ワインのびんをあけました。乾杯《かんぱい》しよう。

もっともワインの量《りょう》は、ヴァルポリチェッラ伯爵《はくしゃく》のようによっぱらってしまうほどはありません。それでもともかく、クレムリン宮殿《きゅうでん》の地下牢《ちかろう》でみはりたちに勝《か》ったことはお祝《いわ》いしなくては！

この夜はもちろん、夢《ゆめ》もみずにぐっすりとねむれました。いびきもかいたかもしれません。

あくる朝は、すっかりねすごしてしまいました。ブリュムケが送ってくれたやきたてのパンも、郵便《ゆうびん》も、そのままになっていました。

お昼近くになって、ようやく目をさましました。顔をあらいにいき、洗面台《せんめんだい》の上の鏡《かがみ》をのぞきこみました。二日酔《ふつかよ》いの顔をしています。

「乾杯！」

鏡に映《うつ》った顔にいうと、バンベルトは歯《は》みがき用《よう》のコップをかかげました。ガウンを着《き》たままで台所《だいどころ》に入《はい》ると、とっくにひえたパンを取り、郵便《ゆうびん》をみました。今回《こんかい》は、手紙が二通《つう》きていました。いちどに二通も！　バンベルトはうれしくて声をあげました。そして子どものように、一番のごちそうをさいごにまわすことにして、手紙の封《ふう》はあけずに、たっぷりと朝食《ちょうしょく》を食べました。そしてコーヒーで気分をすっきりさせると、マーマレードをかたづけてから、ようやく二通の手紙を手に取りました。

フランスからと、イタリアからでした。どちらを先にあけようか？　どちらの物語《ものがたり》からはじめようか？

まよったすえ、フランスのほうに決《き》めました。きのうの赤ワインのせいでしょうか。フランス産《さん》の一九九二年もののワインだったのです。

手紙はパリからでした。さしだし人は、ジャン・バティスト、コルドニェ。住所《じゅうしょ》はオルセー河岸通《かがんどお》り十六番地となっています。

バンベルトはそうしたことを、物語のあいたところにしっかりと書きこんでいきました。これは「絹《きぬ》のスカーフ」の物語《ものがたり》でした。

絹のスカーフ

むかし、パリのくつやに見習《みなら》いの少年がいました。名前はジャン・バティスト。すこしかわった子どもでした。何時間《なんじかん》でも、ただじっとセーヌ川をみているのです。そんなある日、ジャンはいきなりとびあがって、くつやにかけもどりました。そしてくつやの主人《しゅじん》とおかみさんを、むりやり家からつれだしました。なにもいわず、ただ全身《ぜんしん》をふるわせています。

くつやとおかみさんは、この子はいったいどうしたのだろう、と考えこみました。わるい病気《びょうき》にかかったのかもしれない。お金《かね》がかかっても、とにかく医者《いしゃ》につれていかなくては。

そのとき、はげしい音とともに、三人のうしろで家がくずれたのです。くつやとおかみさんは真《ま》っ青《さお》になりました。この子に命《いのち》をすくわれたのだ！　ふたりはなにもいわずに少年を抱《だ》きしめ、この子を自分たちの子どもにしよう、と決《き》めました。

がれきになった家をみても、少年は涙《なみだ》ひとつこぼしませんでした。ただまえをじっとみつめているだけです。そのうち、ほっと息《いき》をつくと、ようやくふつうにもどりました。そして、くつやの主人《しゅじん》がぶじなのをみてよろこびました。

一方《いっぽう》、主人とおかみさんは感じていました。ジャン・バティストには、未来《みらい》をみる才能《さいのう》があるにちがいない。

ある日、ジャン・バティストは、またセーヌ川のほとりで、じっと水面《すいめん》をみていました。すると、びんが一本流《なが》れてきました。ジャンは棒《ぼう》をさがして、びんを川岸《かわぎし》によせ、オルセー河岸通《かがんどお》りで川から引きあげました。

びんはしっかりと栓《せん》がしてあり、なかには絹《きぬ》のスカーフが入《はい》っていました。少年は栓をあけると、ひっぱりだしました。

広げてみると、筆《ふで》で書いたような、じょうずな文字が目に入《はい》りました。ジャンはそれを読んでますますおどろきました。スカーフにはこう書いてあったのです。

このスカーフは、一八五一年七月十四日の正午《しょうご》ごろに、くつやの見習《みなら》いジャン・バティストによって、オルセー河岸通《かがんどお》りで川からひろいあげられる。


少年はまえとおなじように、へんにどきどきして、体をふるわせました。そして家にとんでかえって、たずねました。

「きょうは七月十四日？」

「どうした？」と、くつやはききました。「もちろん、きょうは七月十四日。夜までずっとな！」

「それで、年は一八五一年だよね？」

「もちろんそうさ。大みそかまで、ずっとな！」くつやはわらっていいました。

ジャン・バティストは、絹《きぬ》のスカーフを調《しら》べました。すると、ヴェルセン地区《ちく》の織《おり》物職人《ものしょくにん》のマークがぬいつけてあります。このスカーフはそこで売《う》られたんだ。

少年は走っていって、お店をみつけました。織物職人は、スカーフを買《か》ったお客《きゃく》をおぼえていました。哲学者《てつがくしゃ》のような感じの、とても頭のよさそうな紳士《しんし》で、オルセー河岸通《かがんどお》り十六番地の地下室《ちかしつ》で教師《きょうし》をしている、といっていたそうです。三年まえのことでした。この紳士のことをよくおぼえていたのは、未来《みらい》をみることができるか、という話を長々《ながなが》としたからでした。

ジャン・バティストはお礼《れい》をいうと、オルセー河岸通りまで歩いていきました。そして十六番地の家をみつけると、中庭《なかにわ》で地下室に通《つう》じるとびらがあいているのに気づき、なかに入《はい》ってみました。

暗《くら》がりに目がなれると、部屋《へや》のまんなかに柩《ひつぎ》がおかれているのに気づきました。壁《かべ》ぎわの長いすには、かなしそうな顔をした人たちがすわっています。壁のくぼみにおいてあるろうそくが、ちらちらと光っていました。

わかい男が近よってきて、話しかけました。

「きみはジャン・バティストだね。くつやの見習《みなら》いの。先生は、きみを待《ま》っておられ

たんだよ。しかし、おそすぎた。先生はゆうべ、亡《な》くなられた。きみにわたすようにと本をあずかっているよ」

男は古い本をさしだしました。ジャン・バティストはお礼《れい》をいうと、ちょっと枢《ひつぎ》のまえで立ちどまってから、地下室《ちかしつ》を出ました。

セーヌの川岸《かわぎし》までくると、少年は腰《こし》を下《お》ろして本をひらきました。はじめのほうのページに、手書きの手紙がはさまっています。

こんにちは、ジャン・バティスト。

わたしたちはこの世界ではもう会えないだろう。しかし、おまえがまずしいことは知っている。おまえの家の地下室をほってごらん。ひみつの入り口がみつかるだろう。道は町の下の地下墓地《ちかぼち》につづいている。いちばん手前《てまえ》の壁《かべ》のくぼみのうらで宝《たから》が待《ま》っている。うまく使《つか》いなさい。

そしておぼえておきなさい。どんなにかしこい予言者《よげんしゃ》でも、おのれの未来《みらい》からにげることはできない。

では、元気《げんき》でな、ジャン・バティスト。

少年は本をとじると、家に走って帰りました。そしてすぐに地下室《ちかしつ》に下《お》り、床《ゆか》をあちこちたたいてみました。たしかにすみのほうでうつろな音がします。ほりかえすと、鉄《てつ》のふたがありました。引きあげてみると、そこは地下通路《ちかつうろ》への入り口になっていました。

少年はあかりを持《も》って、通路に入《はい》っていきました。やがて、町の下にある地下墓地《ちかぼち》に出ました。

注意深《ちゅういぶか》く調《しら》べながら進《すす》んでいき、最初《さいしょ》の壁《かべ》のくぼみのところで立ちどまりました。壁がもろくなっていて、手でかんたんにくずすことができます。なかに手を入れさぐってみると、ブリキの小さな箱《はこ》にふれました。

ひっぱりだして、あけてみました。するとなかには、フランスのルイドール金貨《きんか》と、スペインのダカット金貨がたくさん入《はい》っていました。一生《いっしょう》、くらしにこまらないほどある!

しかし金貨《きんか》の上に紙がのっていました。


ジャン・バティストへ。

この宝《たから》をまずしい人々《ひとびと》とわけなさい。そうしたために、おまえは処刑《しょけい》されてしまいます。急《いそ》いで！　もう時間がない。

そしておぼえておきなさい。どんなにかしこい予言者《よげんしゃ》でも、おのれの未来《みらい》からにげることはできない！


ジャン・バティストはおどろきました。宝をまずしい人とわけて、なぜ処刑されることになるのだろう？　わるいことではないのに。

けれども、これまで先生の予言は、すべてほんとうになっています。急《きゅう》に宝を持《も》って上《あ》がるのがこわくなりました。

そのとき地下墓地《ちかぼち》のほうから、あらっぽい男たちの声が

きこえてきました。

「こっちだ！　いや、もっと先だ！　箱《はこ》はまだあるはずだぞ。もうちょい先にちがいねえ！」

声は近づいてくるようです。この宝《たから》をさがしているんだ。みつかったら、なぐり殺《ころ》されるにきまってる。ここにいちゃだめだ。

ジャン・バティストはあなからはい出て、鉄《てつ》のふたをしめました。そして重いたるをその上にのせ、地下室《ちかしつ》の階段《かいだん》を上《あ》がっていきました。

一八五一年七月十四日、パリの橋《はし》のふもとで、物乞《ものご》いたちが奇妙《きみょう》な宴会《えんかい》をひらいていました。みなたらふく食べ、上等《じょうとう》のワインを飲《の》んでいます。そしてわいわいと、金貨《きんか》をわけてくれたくつやの見習《みなら》いの少年の、ふしぎな話をしていました。

とうとうジャン・バティストは警察《けいさつ》につかまり、牢屋《ろうや》にほうりこまれました。少年は、お金《かね》はみつけたもので、ぬすんだのではない、といいはりました。しかし警察は信《しん》じなかったのです。

物乞いたちだけが、少年はうそをついていないと感じていました。

しかし、だれが物乞《ものご》いのことばに耳をかたむけるでしょうか。

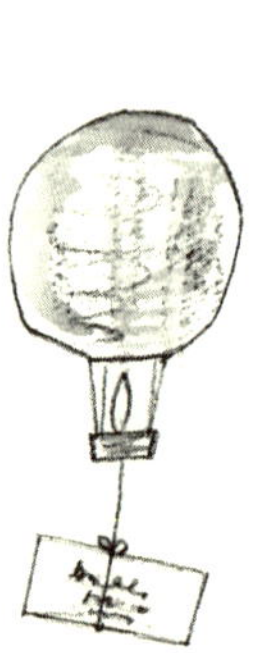

バンベルトは「絹《きぬ》のスカーフ」の物語《ものがたり》を読みおえて、テーブルにおきました。なぜ、この少年を助《たす》けてやらなかったのだろう。くつやの見習《みなら》いのジャン・バティストを牢《ろう》屋《や》に入れずに、にがしてやるくらい、かんたんなことだったのに。

この物語の舞台《ぶたい》がパリだったことは、この手紙ではじめて知りました。それに、百五十年もむかしの物語だということも。

バンベルトはパリからきたふうとうをもういちど、手に取ってみました。そしておどろいて立ちあがると、となりの部屋《へや》にいき、虫めがねを取ってきました。

しばらく、ふうとうの切手をじっとみつめていました。まちがいない。一八五一年の消印《けしいん》だ！

この物語《ものがたり》はほんものになる場所《ばしょ》だけでなく、ふさわしい時間もさがしだしたみたいだ。けれどもほんとうにジャン・バティストが、この手紙を一八五一年に、バンベルトに送《おく》ってくれたのでしょうか？

さしだし人の名前のことも考えてみました。ジャン・バティスト、コルドニェと書いてあったな。「コルドニェ」というのは、フランス語《ご》でくつやの意味《いみ》だ。

ブリュムケと話してみなくては。ブリュムケは、切手にくわしいのです。集めてアルバムにたくさんはっています。ヨーロッパの切手はほとんど一枚《まい》のこらず持《も》っていると、じまんにしているほどなのです。

バンベルトはつづいて、イタリアからの手紙を取りました。こちらの切手もほんものです。まあたらしくて、ベニスの消印がおされています。この切手はブリュムケに取っておこう。

さしだし人をみました。この物語は、女の人にひろわれたようです。名前はシルヴィア・クレスポ。住所《じゅうしょ》もおなじようにきれいな字で書いてあります。大運河《だいうんが》ぞい、ベルティーニ屋敷《やしき》。

バンベルトは物語《ものがたり》をふうとうから出し、舞台《ぶたい》を「ベニス」と書きいれました。「ベルティーニ屋敷」という館《やかた》の名前と、「シルヴィア・クレスポ」という名前も書きました。

それは「こおりついた時」の物語でした。

こおりついた時

ベニスでもっとも有名《ゆうめい》な鏡《かがみ》が、ベルティーニ屋敷にあります。長くて上がまるい形をした窓《まど》からは、大運河や、そこをいきかうゴンドラ、ヴァポレットという海上《かいじょう》バスがみえました。

鏡《かがみ》のなかには、とてもうつくしい少女のすがたがこおりついていて、表面《ひょうめん》には細《こま》かい網目《あみめ》のようなひびが走っていました。

鏡の下には、古い大きなテーブルがありました。そこでは毎晩《まいばん》、ろうそくの明かりにてらされながら、髪《かみ》の白い老紳士《ろうしんし》と、顔に傷《きず》あとのあるわかい女の人が、ともに食《しょく》事《じ》をするのでした。

老紳士は、有名《ゆうめい》な商人《しょうにん》のクレスポで、顔に傷あとのあるわかい女の人は、クレスポの孫《まご》のシルヴィアでした。

では、鏡の細かい網目のうしろから、このふしぎな光景《こうけい》をみおろすうつくしい女性《じょせい》は、だれなのでしょうか。

物語《ものがたり》は、商人クレスポが、孫娘《まごむすめ》のシルヴィアをベルティーニ屋敷《やしき》に引きとったことからはじまります。

この館《やかた》にすんでいるのは、クレスポと、少女と、クレスポのいいつけをよく守る召使《めしつか》いの三人だけでした。少女の両親《りょうしん》は亡《な》くなっており、おじいさん以外《いがい》に家族《かぞく》はひとりもいなかったのです。

孫娘《まごむすめ》がうつくしく育《そだ》っていくと、クレスポは召使《めしつか》いに、大広間《おおひろま》にたくさんある鏡《かがみ》すべてに黒い布《ぬの》をかけるように命《めい》じました。祖父《そふ》の目には、孫娘のうつくしさは、人の心をまどわす罪《つみ》のように映《うつ》ったのです。

こうして、少女はいちども自分のすがたを鏡でみることなく、館《やかた》で育っていきました。どんな顔をしているか知らず、うつくしいとは思ってもいませんでした。

しかしある夜、秋の嵐《あらし》が水の都《みやこ》ベニスをおそい、たいへんな被害《ひがい》をもたらしました。ベルティーニ屋敷《やしき》では、雨戸《あまど》がはずれ、窓《まど》がわれてしまいました。嵐は館に入《はい》りこみ、部屋《へや》をかけぬけ、両開《りょうびら》きのとびらをゆさぶり、人の高さほどもある鏡から黒い布を吹《ふ》きとばしました。

あくる朝、シルヴィアが、鏡のある広間で窓ガラスの破片《はへん》をかたづけていました。黒い布はすべて広間のすみにまるまっていました。しかし少女は、布をまったく気にしていませんでした。細《こま》かい破片までみのがさずに、ひろいあつめなくてはならなかったからです。

そのときとつぜん、むこうで少女がもうひとり、やはりかがんで破片を集めている

のがみえました。シルヴィアは動きを止め、じっとみつめました。なぜ、この家にもうひとり女の子がいるって、だれも教えてくれなかったのかしら。

重大《じゅうだい》なひみつを知ってしまったような気がしました。そこで、もうひとりの子どもに気づかないふりをしました。そっとぬすみみると、その子もおなじようにしているようでした。

こうしてふたりはガラスの破片《はへん》を集めおわると、たがいに背《せ》をむけて広間《ひろま》の出口にむかいました。そしてとびらのところでふりかえりました。シルヴィアが手をふると、その子もふりかえしました。

シルヴィアはうれしくなって、破片を手に、台所《だいどころ》にいる召使《めしつか》いのところに下《お》りていきました。すぐにあの子も破片を持《も》って入《はい》ってくるわ。そう思って待《ま》っていました。

けれども、もうひとりの子はきません。

「なにを待っているのですか？」と、召使いがたずねました。

少女は、わるいことをしていたのをみつかった気分になりました。

「えっと、あの黒い布《ぬの》も持ってきてほしいんじゃないかな、と思って。風で壁《かべ》から吹《ふ》きとんでしまっていたの」

召使《めしつか》いはおどろいてたずねました。

「黒い布《ぬの》が？　壁《かべ》から吹《ふ》きとんだのですか？　布のうしろにあったものをみましたか？」

シルヴィアはもうひとりの子どものことを考えましたが、召使いにはいいたくありませんでした。この館《やかた》にないしょですんでいるのかもしれない。

「いったい、なんのこと？　窓《まど》ガラスのかけらをかたづけるのでたいへんだったの。床《ゆか》じゅう、ガラスだらけだったんだから！　壁なんてみられなかった」

召使いは少女のことばを信《しん》じることにしました。そして、ちょっと用事《ようじ》がありますので、といって鏡《かがみ》の間《ま》にいそいでかけあがりました。召使いははしごを使《つか》って、鏡にもとどおり黒い布をかけていきました。

黒い布からは、かすかなかなしみがただよってくるようでした。おかげで、広間から明るく、広々《ひろびろ》とした感じが消《き》えてしまいました。

しかし、布のうしろにひみつのとびらがあって、手をふってくれた女の子がすんでいることを、シルヴィアは知ってしまいました。あの女の子はだれ？　どんなひみつがあるんだろう？　おなじように破片《はへん》を集めたのに、台所《だいどころ》にはこなかったなんて。なぜおじいさまはかくしているのかしら？

だんだんと、会ってはいけないひみつの友だちを思う気持《きも》ちがつのっていきました。年老《としお》いたクレスポは、孫娘《まごむすめ》のようすがおかしいのに気がつきました。

「あの子は布《ぬの》のうしろをみたのかね？」クレスポは召使《めしつか》いにたずねました。

「あの子が、鏡《かがみ》の間《ま》のまえによくいる気がするのだが。あの部屋《へや》にはかぎをかけて、そのかぎはおまえがいつも持《も》っているようにしなさい。なにがあっても、あの子に鏡をみせたくはないからな。大人《おとな》になるまではな」

召使いは命《めい》じられたとおりにしました。鏡の間のかぎをしめ、それを片時《かたとき》も離《はな》しませんでした。

しかしシルヴィアに、館《やかた》には、もうひとりおなじ年くらいの女の子がいるの、ときかれて、召使いはおどろきました。少女はまっすぐに召使いの目をみています。そして、召使いが一瞬《いっしゅん》、おどろいた顔をしたのをみのがしませんでした。

ある日、召使《めしつか》いが部屋《へや》で昼寝《ひるね》をしているあいだに、シルヴィアは台所《だいどころ》のいすにかかっていた上着《うわぎ》から、かぎをぬすみだしました。

少女ははだしで階段《かいだん》をかけあがり、とびらをひらき、鏡《かがみ》の間《ま》に入《はい》りました。鏡はどれも布《ぬの》におおわれていましたが、ただひとつ、とびらのまんまえの鏡だけは、黒い布がすべりおちていました。おそらく風に吹《ふ》きとばされたのでしょう。こわれた窓《まど》はまだ修理《しゅうり》されていなかったのです。

鏡のなかでも、もうひとりの女の子が立っています。シルヴィアはためらってから、手をふってみました。

そしてふたりは、おたがいにうでを大きくひろげ、また会えたうれしさに大きな声をあげてかけよったのです。

おそろしい音がひびき、鏡の破片《はへん》が雨となってふりそそぎました。シルヴィアが、鏡からとびだそうとしたもうひとりの女の子を抱《だ》きしめようと、鏡にぶつかっていったのです。破片でシルヴィアは、うつくしい顔に傷《きず》を負《お》ってしまいました。

すさまじい音で、召使いとクレスポは目をさまし、あわててかけあがってきました。

少女は鏡《かがみ》の破片《はへん》にうずもれて、血《ち》まみれになってたおれていました。

「どうして？」少女はおどろいていいました。「どうしておじいさまたちは、あの女の子をかくしていたの？　どうしてあのきれいな子に会わせてくれなかったの？　あの子はどこ？　あの子をどうしちゃったの？」

答えはありませんでした。年老《としお》いたクレスポは怒《いか》りのあまり口がきけませんでした。孫娘《まごむすめ》には、鏡の破片の傷《きず》が永遠《えいえん》にのこるでしょう。

ところが、破片を集めて、もとどおりに合わせてみると、うつくしい少女のこおりついたすがたがうかびあがったのです。細《こま》かなひびのむこうで、ほんとうのシルヴィアよりもなぞめいたすがたとなっていました。

シルヴィアは祖父《そふ》をゆるしました。

しかし、毎晩《まいばん》、鏡のまえにおいたテーブルで、だまって食事《しょくじ》をするようにとたのみました。鏡《かがみ》から少女のすがたが消《き》えるまでは、毎晩《まいばん》この罪《つみ》のないうつくしいすがたをみながら、食事《しょくじ》をしようと。

少女のすがたは、がんこな商人《しょうにん》のクレスポがあやまることばをみつけるまでは、消えないでしょう。孫娘《まごむすめ》のわかさとうつくしさが、人の心を乱《みだ》す罪《つみ》でしかないと決《き》めつけたことを、心をこめてあやまることができるまでは。

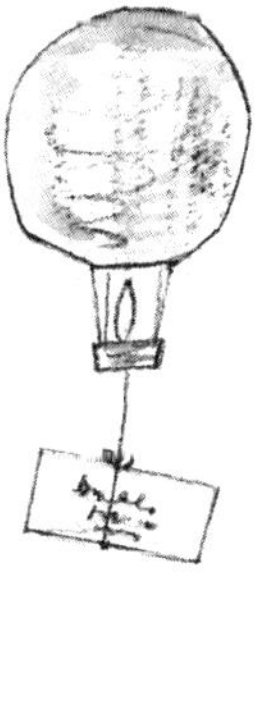

痛《いた》みに満《み》ちた物語《ものがたり》を読みおえて、バンベルトはふと、苦《くる》しかった子ども時代《じだい》を思い出しました。何度《なんど》も受《う》けた手術《しゅじゅつ》のせいで、いまもまだ体が痛むのです。

がんこな商人クレスポが、命《いのち》あるあいだに、つめたい心をとかすことができるといいが。そのつめたさが、われた鏡のなかにいまなお、一瞬《いっしゅん》の時をこおりつかせているのですから。

バンベルトには、すがたがみにくい者《もの》があじわうつらさがよくわかります。心はうつくしくても、外見《がいけん》はどうにもできません。

そのつらさをよく知っているのに、少女を鏡《かがみ》にむかって走らせてしまいました。しかもそれを止めようともしませんでした。この少女が好《す》きだけれど、このようなうつくしい少女が自分を好いてくれることはないとわかっていたため、いじわるになっていたのでしょうか。

ふと、うたがいの気持《きも》ちがすべりこんできました。少女にあやまるべきなのは、年老《としお》いたクレスポではない。うらで糸をあやつるバンベルトのほうがずっと……

そうすると、ベニスに旅《たび》して、はじめからすべて説明《せつめい》しなくてはなりません。そして、ベルティーニ屋敷《やしき》の食卓《しょくたく》の鏡《かがみ》から、こおりついた時が消《き》えるまであやまりつづけなくては。

バンベルトがそうして良心《りょうしん》にさいなまれていたとき、ブリュムケはねっしんに自分の切手のアルバムを調《しら》べ、消印《けしいん》のないイギリスの切手をさがしていました。いまのイギリス女王の曾祖母《そうそぼ》にあたる、ヴィクトリア女王の絵がえがいてあるものが必要《ひつよう》なのです。

切手をみつけると、ピンセットでアルバムから取りだしました。のりがまだ使《つか》えるといいが、と思いながら、スポンジでしめらせて、用意《ようい》しておいたふうとうにはりました。

それがおわると、帳簿《ちょうぼ》の仕事《しごと》にむかいました。何度《なんど》みても、雑貨屋《ざっかや》はもうかっていません。しかし、べつに気にはなりませんでした。すでに年金《ねんきん》をもらっているので、生活にはこまりません。ただ、店《みせ》を手ばなしたくないためにやっているのです。ほかにどうすれば、人とまじわって生活していけるというのでしょう。

さいわい、家賃《やちん》はこのあたりでは安《やす》いほうでした。バンベルトのおかげです。おたがいにそれで助《たす》かっていました。バンベルトのほうも、おかげでブリュムケにめんどうをみてもらえるのですから。そうでなかったら、この店はとうにつづけられなくなっていたでしょう。

長年《ながねん》のあいだに、ブリュムケとバンベルトはおたがいを友だちのように感じはじめていました。けれども、相手《あいて》の生活に立ちいることはしませんでした。おたがいの生きかたを尊重《そんちょう》しなければならないと、口には出さなくともわかっていたからです。

ブリュムケはバンベルトの両親《りょうしん》と知りあいでした。そして自分たちが死《し》んだあとは、バンベルトをよろしく、とたのまれていました。ブリュムケはすぐに、わかりました、といいました。

ブリュムケは、二階《かい》で物語《ものがたり》を生みだしている、小さなかわり者《もの》のバンベルトが好《す》きでした。いったいどんな痛《いた》みにたえているのでしょう。自分はなにもしてやれないと思うと、つらい気持《きも》ちでした。あんなに小さな体に、こんなに大きくてりっぱな心がやどっているとは！

バンベルトあての郵便《ゆうびん》をエレベーターにおきましたが、すこし考えてまた取りだしました。それからお店の明かりを消《け》すと、戸じまりをして奥《おく》に入《はい》っていきました。

あくる朝、バンベルトはイギリスからの手紙がエレベーターにのっているのをみつけました。ロンドンからだ！　すごいな、東風でイギリスまではこばれたんだ。

さしだし人の名前が読みづらいな、と思いながら、バンベルトはふうとうをあけました。なかには、「ろう人形館《にんぎょうかん》」の物語《ものがたり》が入《はい》っていました。物語に、ロンドンという地名《ちめい》や、テムズ川という名を書きいれ、「女王」を「ヴィクトリア女王」に、「殺人《さつじん》

者《しゃ》」をロンドンの有名《ゆうめい》な殺人犯《さつじんはん》「切りさきジャック」に、「詩人《しじん》」をイギリスの詩人「バイロン卿《きょう》」に書きなおしていきました。

おどろいたことに、すべてがぴたりとはまりました。

ろう人形館《にんぎょうかん》

ロンドンをゆったりと流《なが》れるテムズ川のほとりに、とても古い家があります。この家にはかつて、世界的《せかいてき》に有名《ゆうめい》なろう人形がならべられていました。だれでも知っている人物《じんぶつ》のろう人形ばかり。ほんとうに生きているかのようにみえるのです！　もとの人間とまったくおなじ大きさ、おなじ外見《がいけん》につくられていました。

あるとき、物乞《ものご》いの少年がテムズ川にやってきて、岸《きし》に腰《こし》を下《お》ろし、足をのばしました。食べるものはなにもなく、お金《かね》もない少年でした。水面《すいめん》をじっとみおろしてい

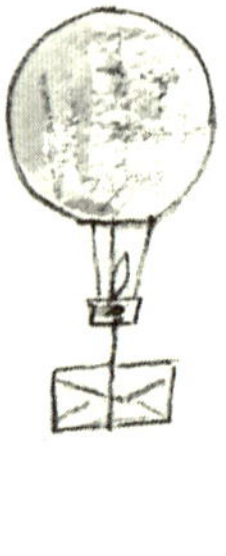

ると、この流《なが》れにとびこんだほうがいいのではないか、と思えてくるのでした。死《し》にたいわけではありません。しかし、まずしいのをどうすることもできなかったのです。

そのとき、ずんぐりとした紳士《しんし》が近よってきました。さっきから少年をじっとみていたのです。そして礼儀《れいぎ》正《ただ》しくシルクハットに手をやり、少年に話しかけました。少年はこまっているようでしたが、とうとう立ちあがり、紳士のあとについていきました。

ふたりはテムズの川岸《かわぎし》を歩いていき、とても古い家に入《はい》りました。戸のすぐわきに、小太《こぶと》りの紳士の事務室《じむしつ》がありました。そこでシルクハットをぬぐと、紳士は少年をつれて階段《かいだん》を下《お》りていき、ろう人形《にんぎょう》の陳列棚《ちんれつだな》にむかいました。

はじめてろう人形をみた少年は、礼儀正しく帽子《ぼうし》をとりました。紳士はわらいました。

「あいさつなどすることはないさ！　さわってごらん……魚みたいにつめたいだろう。ぜんぶろうでできた人形なんだ」

「それで、ぼくの仕事《しごと》はなんですか？」と、少年はたずねました。

「じつは召使《めしつか》いがいなくなってしまってね」と、小太《こぶと》りの紳士《しんし》は答えました。

「召使いには人形《にんぎょう》たちの手入《てい》れをしてもらっていた。きれいにしておかなければならないし、洋服《ようふく》を着《き》せかえたり、みがいたりしなくてはいけないんだ。生きているのとおなじようにね。ちょっとでもほこりがついていたら、ほんものらしくみえなくなってしまう。ときにはあらってやることも必要《ひつよう》だ。

それがおまえの仕事だ。給料《きゅうりょう》はたっぷりとはらってやるぞ！」

紳士は階段《かいだん》を上《あ》がり、事務室《じむしつ》に少年をつれていきました。すっかり息《いき》があがっています。

書《か》き物机《ものづくえ》の引き出しをあけると、少年に前《まえ》ばらいだといってお金《かね》をわたしました。

「こんなに？」

少年はびっくりしました。

「いいだろう」と、紳士はいいました。「さあ、食事《しょくじ》をして、あたらしい服《ふく》を買《か》ってきなさい。もどってきたら、ねる場所《ばしょ》を教えてあげよう」

少年はとびあがって、すぐにもどってきます、といい、町にむかいました。そしておなかがいたくなるまで食べました。ひどく空腹《くうふく》だったのです。あたらしい服《ふく》も買《か》いました。そして、テムズ川のほとりの古い家にいそいでもどりました。

小太《こぶと》りの紳士《しんし》は待《ま》っていました。それから少年に、階段《かいだん》のうらにつくられた、ベッドつきの小さな部屋《へや》をみせると、仕事《しごと》をはじめるようにいいました。

少年はろう人形《にんぎょう》のある部屋まで下《お》りていきました。羽《はね》ぼうきで人形の顔のほこりをはらい、かたくしぼった布《ぬの》でみがいていきます。くつもきちんとみがきました。かつらをととのえ、おしろいをはたき、香水《こうすい》をふりかけます。少年はしっかりとはたらきました。

詩人《しじん》のバイロン卿《きょう》のところにきて、髪《かみ》をとかしてやったとき、金貨《きんか》が足もとに落《お》ちました。少年はぎくりとしました。あたりをみまわしましたが、人のけはいはありません。しかし金貨はほんものです。

お客《きゃく》さんの落としものだろうか。でも、落ちたのはたったいまだ。少年はうすきみわるくなりました。

次はヴィクトリア女王のろう人形《にんぎょう》でした。ていねいに顔をぬぐっていきます。あたらしくほおべにをさし、赤い口紅《くちべに》を引きます。かつらを直《なお》し、豪華《ごうか》なドレスのしわをのばします。

かがんで女王のくつをみがこうとしたとき、少年は頭をやさしくなでられたような気がしました。まちがいない！　少年は立ちあがりました。

いや、ここにはろう人形しかいないんだ。風のいたずらかな？　だけど、こんな地下《ちか》まで風が吹《ふ》いてくるだろうか？　女王のうでにぶつかっただけかもしれない。

もっと気をつけて仕事《しごと》しなくっちゃな。

そして次のろう人形《にんぎょう》にむかいました。悪名高《あくめいたか》い殺人犯《さつじんはん》「切りさきジャック」の人形です。よりによって、女王のすぐとなりなのです。

まずは右手をあらいました。殺人に使《つか》ったナイフをにぎっています。これで人々《ひとびと》の命《いのち》をうばったんだ。

手とナイフをきれいにすると、赤い絵《え》の具《ぐ》でナイフの血《ち》の色をぬりなおしました。できるだけほんものらしくみせなくちゃ。お客《きゃく》さんは、ろう人形をみてぞっとする気分をあじわいたいんだもの！

そのときとつぜん、人形の手にあるナイフで手を切り、少年はとびすさりました。ほんものの、ちゃんと切れるナイフだったなんて。殺人犯の人形の目が奇妙《きみょう》に光ったようにみえました。

背《せ》すじにさむけが走りました。道具《どうぐ》をすべてまとめると、小太《こぶと》りの紳士《しんし》のもとへとかけだしました。ちゃんとたしかめなければ！

事務室《じむしつ》の戸はあいていたので、なかに入《はい》りました。紳士はつくえにむかってすわっていました。しかし話しかけても答えがありません。

少年は近より、紳士《しんし》の手にふれました。そしてとたんに、ぎょっとして手を離《はな》しました。手は魚のようにつめたかったのです。ろう人形《にんぎょう》の手だ！　いったいどうなっているんだ？

少年は出口にむかって走りました。しかし、かぎがかかっています。こじあけようとしましたが、がんじょうでびくともしません。

少年はくるりとふりむき、ゆっくりとまた階段《かいだん》を下《お》りていきました。音楽がひびいてきます。さわがしい話し声も！

少年はそっと地下室《ちかしつ》の入り口に近づきました。

とうとうなかに入《はい》ると、そこではパーティーがひらかれていました。血《ち》の気《け》のない顔をした者《もの》たちが集まっています。

ヴィクトリア女王が少年にまっさきに気がつきました。

「小姓《こしょう》、やっときましたね！」女王は少年を抱《だ》きしめ、少年のていねいな仕事《しごと》ぶりにお礼《れい》をいいました。

バイロン卿《きょう》は、少年のためにとくべつに短《みじか》い詩《し》をつくってくれました。そして、感《かん》謝《しゃ》のしるしだよ、といいました。

殺人犯《さつじんはん》の切りさきジャックまでが、ナイフにつけた血《ち》のしずくについて、とくにお礼《れい》をいいました。どうしても、血がなくては生きていけないんだ。それもただの血というわけにはいかない。人間の血でなくては。

大声でわらい、大げさに話していましたが、すぐにわれにかえってあやまりました。

「わるいな、ぼうず。おどかすつもりじゃなかったんだ」

少年はぼんやりしていました。召使《めしつか》いがワインとパンをくれて、わけしり顔でほほえみました。少年はこのパーティーのお客《きゃく》となり、みんなといっしょにたのしみました。

夢《ゆめ》をみているようでした。おどって飲《の》んで、飲んでおどって足がふらつき、つかれて床《ゆか》にたおれこみました。少年はすっかり青ざめて横《よこ》たわっていました。

あくる朝、すべての人形《にんぎょう》がもとの場所《ばしょ》ですっくと立っていま

した。あたらしい人形《にんぎょう》もくわわっています。川岸《かわぎし》でねむる物乞《ものご》いの少年像《しょうねんぞう》でした。

きのう、物乞いの少年があたらしい服《ふく》を買《か》ったお店に、小太《こぶと》りの紳士《しんし》がやってきました。

「この服を買いもどしてもらえませんか。使《つか》いの子どもがきのう、こちらで買ったのですが、どうも小さすぎて」

そして紳士はテムズ川ぞいに歩いていきました。わかい女性《じょせい》がかなしそうに水辺《みずべ》をみつめてすわっていました。小太りの紳士は女性に近づいていって、礼儀《れいぎ》正《ただ》しくシルクハットに手をやり……

「じつにイギリスらしいな！」

バンベルトは、イギリスのミステリやホラー小説《しょうせつ》、そして皮肉《ひにく》たっぷりな話などが好《す》きでした。いちどでいいから、ロンドンに旅行《りょこう》してみたいな。たよりになる執事《しつじ》と、高級車《こうきゅうしゃ》ロールス・ロイスの町ロンドンに。

この物語《ものがたり》は、ちょっとぶきみな感じで気にいっていました。バンベルト自身《じしん》はずっと、いい子になるよう育《そだ》てられてきました。

「いい子でいないと、びんぼうくじを引くよ！」と両親《りょうしん》にいいきかせられたものです。行儀《ぎょうぎ》よくしなさい。ひかえめでいなさい。けんかしてはいけません。怒《おこ》ってはいけません。

それでも、どうしても怒りたくなったり、しかえしをしたくなったりしたら、どうすればいいのでしょう。ほろにがいチョコレートのような、禁《きん》じられたものにあこがれる気持《きも》ちを、どうすればいいというのでしょう。

せめて物語のなかでは、そんな気持ちをすなおに出したいと思いました。自分でもぞっとするようなものを、そのままのこしておきたかったのです。

そうすると、気分がよくなりました。

「ぼくだって、怒《おこ》ってるんだ！」と、バンベルトはよく両親《りょうしん》にうったえました。しかし、自分が怒ったところで、怒《いか》りのあまり体がばらばらになってしまった、むかしばなしのなかの小人《こびと》のように、こっけいにしか見えないことにすぐに気づきました。そして両親の「びんぼうくじを引くよ！」ということばは正しい、とわかったのです。

それからブリュムケに、ちょっと上にきてくれませんか、とメモを送《おく》りました。ブリュムケがお昼休《ひるやす》みに上《あ》がってくると、一八五一年のパリの切手をみせ、この切手はほんものだろうか、とたずねました。

ブリュムケは切手をじっくりとみつめていいました。

「どうもほんもののようですね。興味深《きょうみぶか》い切手です。それにめずらしい。どこで手に入れたんですか？」

バンベルトはため息《いき》をつき、

「それがなぞなんです」

と、答えをはぐらかしました。ひみつを知られたくなかったのです。いまはまだだめだ。ブリュムケは長年《ながねん》の友だちだけれど、すべてをあかすことはまだできない。

しかし、ブリュムケが切手をねっしんに集めていることは知っていたので、これまでにとどいた六通《つう》のふうとうをみせてあげました。

「さあ、どうぞ。よかったら切手をさしあげます。とっておくなり、交換《こうかん》するなりしてください」

ブリュムケはお礼《れい》をいいました。

「それにしても、どこかでみたことがある気がしますが」

バンベルトはうなずきました。

「そうでしょうとも！　エレベーターにおいてもらった郵便《ゆうびん》ですから！」

「そうでした！」と、ブリュムケは自分のおでこをたたきました。「するとこの手紙は、一八五一年から何年もこえて……」

ブリュムケはとちゅうでことばを切りました。

バンベルトはこまったようにうなずきました。信《しん》じられない。どういうことだろう……

ブリュムケは、だまっておこうと思いました。そしてそそくさと一階《かい》へもどりました。

自分の部屋《へや》にもどると、きのうはったばかりの古いイギリスの切手をふうとうからはがしました。返《かえ》してもらえてよかった。どちらにしても、もうのりはきかないものな。それに、このめずらしい古い切手のせいで、バンベルトにおかしいと思われるかもしれない。

さいわい、あたらしいイギリスの切手がアルバムに入《はい》っています。のりはよくつくし、ひみつにしなくてはならないことはなにもありません。

お昼休《ひるやす》みがおわり、ブリュムケはまたお店をひらきました。フィンゲルレさんがきて、あいさつしました。もう何年もひいきにしてくれていて、どんなスーパーマーケットよりも、安売《やすう》り店《てん》よりも、この店《みせ》にきてくれるのです。ブリュムケは、ここ数日間《すうじつかん》、おどろくほど売《う》れている魚の缶《かん》づめを、棚《たな》にならべました。

フィンゲルレさんはおつりがないようきっちりしはらうと、買《か》い物袋《ものぶくろ》をさぐって、ふうとうを取りだしました。果樹園《かじゅえん》のあずまやのそばでみつけたといいます。ブリュムケはお礼《れい》をいって、レジの下の引き出しに、まえに入れておいたふうとうといっしょにしまいました。

夕方になって、お店をしめるとき、ブリュムケは引き出しからふうとうを二通《つう》取りだし、奥《おく》のすまいに下《さ》がりました。

夜がふけたころ、ブリュムケはまた切手のアルバムにむかっていました。両手《りょうて》にそれぞれ、虫めがねとピンセットを持《も》っていました。

バンベルトはその夜、そわそわとおちつかないままにすごしました。ほとんどねむれませんでした。

朝食《ちょうしょく》には、いつもより濃《こ》いコーヒーを飲《の》みました。ミルクをたっぷりと入れないと飲《の》めないくらい、濃《こ》くてにがいコーヒーでした。そしてつめたいシャワーをあびると、だるかった頭もすっきりしました。

その後、台所《だいどころ》のエレベーターからパンを三つとふうとうを二通《つう》取りだしました。一通はボスニアからで、もう一通はまたフランスからでした。フランスのほうは、南西《なんせい》部《ぶ》の町バイヨンヌの消印《けしいん》がおされています。ここから北東《ほくとう》の風にのっていったにちがいありません。

バンベルトはためらわずに、まずボスニアからのふうとうをあけました。首都《しゅと》サラエボの消印があります。こちらは、北西《ほくせい》の風にはこばれたのでしょう。

バンベルトは物語《ものがたり》をふうとうから引きぬくと、しわをのばして読みはじめました。どの物語が、よりによってサラエボまで飛《と》んでいったのだろう。

それがわかった瞬間《しゅんかん》、のどがつかえたように感じました。それは「ふしぎなあそび」の物語でした。

ふしぎなあそび

それほど遠くないむかし、サラエボでおそろしい戦争《せんそう》がおこり、敵《てき》に包囲《ほうい》されてしまいました。町をぐるりとかこむ高台《たかだい》から、銃《じゅう》の攻撃《こうげき》がつづきました。町にすむ者《もの》は身《み》を守るため、地下壕《ちかごう》でくらすことになりました。

町へつづく道はすべて通《とお》れなくなりました。パンも、肉《にく》も、小麦粉《こむぎこ》も、ミルクも、食料品《しょくりょうひん》はいっさい入《はい》ってきません。敵が止めているのです。みな飢《う》えていました。

町の人たちは、昼のあいだにすこしだけ地下から出て、新鮮《しんせん》な空気をすいました。

しかしそれは、とても危険《きけん》なことでした。山の上に陣《じん》どっている敵の兵士《へいし》が、町で動くものすべてを銃でねらっているからです。

兵士たちは、さまざまな銃や爆弾《ばくだん》で攻撃してきました。

ある朝、ひとりの子どもが、砂袋《すなぶくろ》で守りかためた地下壕から出てきました。そしてほこりのなかにしゃがみこんで、棒《ぼう》であそびはじめました。なにか地面《じめん》にかいているようです。

何分もしないうちに、もうひとり子どもが出てきて、先に出てきた子に声をかけました。

「いつまでもそんなところで、なにしてるの？　まとあてゲーム？　なに？」

「絵をかいてるんだ」

子どもはほこりのなかでうずくまったまま答えました。

そのとたん、爆発音《ばくはつおん》が朝の空気のなかに大きくひびきました。近くの家で炎《ほのお》が燃《も》えあがりました。

子どもは「ブーン！」といいながら、爆弾《ばくだん》があたってめちゃくちゃになった家を、棒でさっとえがきました。

「どうしちゃったの？」そばに立っている子どもがさけびました。「早く入《はい》りなよ。山から望遠鏡《ぼうえんきょう》でねらわれち

やうよ！」

ほこりのなかの子どもは返事《へんじ》をしません。

また山の上から町に光が走りました。こんどは、飛《と》んできた爆弾《ばくだん》が、だれもいないビルに命中《めいちゅう》しました。けむりがまきおこり、爆発音《ばくはつおん》がひびき、谷間《たにま》の町をふるわせました。

棒《ぼう》を持《も》った子どもがいいました。「さあ、これでビルがこわれたぞ」

子どもは地面《じめん》にビルをさっさっとかき、そこにみにくいあなをあけました。ビルはほこりのなかでくずれてしまいました。

「もう、地下壕《ちかごう》に入《はい》りなよ！」

と、立っている子どもがさけんでいます。

「だめなんだ！」しゃがんでいる子どもがさけびかえしました。「さいごまでやらなくちゃ。こんどは、工場《こうじょう》に爆弾が命中《めいちゅう》するぞ！」

子どもは地面に工場の絵をかき、棒をつきたてました。ほこりが舞《ま》いあがりました。

「バン！　ドン！」子どもが声をあげます。

そのとき、ほんとうに爆弾《ばくだん》が工場《こうじょう》に命中《めいちゅう》し、黒いけむりが空にまきおこりました。

「ほらね？」しゃがんでいる子どもがいいました。「まだおわってないんだ。でも、もうすぐなんだよ」

「入《はい》りなよ！」

「だけど、まだおわってないんだ。さいごまでやらなくちゃ！」

「もうやめて。おねがいだから入って！」立っている子どもが、必死《ひっし》にいいました。

「まだだめ」あそんでいる子どもがつぶやきました。「まだだめなんだ。わかるだろ。もうすぐなんだから」

立っている子どもは、やけになりました。

「どうしても、ほこりのなかであそばなきゃいけないの？　なかに入《はい》りたくないの？」

「戦争《せんそう》ごっこなんだ。でも、もうすぐおわるから」

「どうなったら、おわりなの？　ねえ、どうなったら？」

しゃがんでいる子どもが顔を上《あ》げました。

「ほっといてよ！　すぐにおわるよ」

しかしその子の目には涙《なみだ》がたまっています。

「どうして泣《な》いてるの？」

「さいごまで、あそばせてくれないからだよ！　もうすぐおわるっていうのに！」

「じゃましてなんかないじゃないか。でも、地下《ちか》壕《ごう》につれてこいっていわれたんだよ！　撃《う》たれて死《し》んじゃうよ」

しゃがんでいた子どもは、怒《おこ》って棒《ぼう》をほうりだしました。そして、安全《あんぜん》な地下壕《ちかごう》にかけこんでいきました。むかえに出た子どもは、うなだれてあとをついていきました。なかに入《はい》ると、子どもたちのおばあさんが、ふたりを抱《だ》きかかえました。なにもきかず、ただ待《ま》っています。

「もうすこしだったんだ！」あそんでいた子どもがしゃくりあげました。

するとおばあさんがききました。

「なにがだね？」

子どもはつかえながら答えました。

「はじめは、ただあそんでただけなんだ。まわりでおこってることを、棒で地面《じめん》にかいてあそんでたんだよ。

そのうち、これからどうなるかなって考えてみた。そしたら、そのとおりになったんだ。地面にかいたことが、ほんとうにおこったんだよ。

さいしょはぜんぜん気がつかなかった。でも、工場《こうじょう》の絵をかいたら、ほんものの工場にも爆弾《ばくだん》があたったんだ。地面にかいたのとおんなじにね。それでやっと、棒でほこりのなかにかいたことが、ほんとうにおこるってわかったんだ！　まったくおんなじに！

だから、こんどは、戦争《せんそう》がおわったところをかこうと思ったんだ。山の上の兵士《へいし》たちはみんな帰っちゃうんだ。そしてみんなまた外に出ていく。まえみたいにあそべるんだ。

おひさまがかがやくよ。鳥がさえずるよ。みんなまえみたいにもとどおりになるんだ。ぜったいにかかなきゃ。そうしたら、ちゃんとほんとうになるんだ！　あともうすこしで……」

おばあさんは孫《まご》をぎゅっと抱《だ》きしめました。おばあさんは泣《な》かず、なにもいいませんでした。そして長いあいだ、そのまま子どもを抱いていました。

それからとうとう顔を上《あ》げると、かなしそうな顔のもうひとりの孫をみて、いいました。

「しかたないんだよ。この子はそうするしかないんだ。おまえはまちがったことはしていないよ。

ひょっとするとこの子は、りっぱな画家《がか》になれるかもしれないね。戦争《せんそう》を生きのびられたらね。この子は自分の絵の力を信《しん》じている。おまえにはどうしようもないんだよ。そしてこの子も、どうしようもないのさ」

サラエボのふたりの子どものすがたが頭から消《き》えたあとも、バンベルトはまだ、のどになにかつかえた感じがしていました。さっきからかわらないのです。どれだけのすばらしい絵が、えがかれるまえに戦争に食《く》いつくされてしまったのでしょう？　どれだけの音楽が、鳴《な》りひびくまえに戦争に飲《の》みこまれてしまったのでしょう？　どれだけの芸術《げいじゅつ》が、花ひらくまえにつぶされてしまったのでしょう？

どれだけのすばらしい考えが、小さな子どものなかでまどろんだまま、ほろぼされてしまったのでしょう？

戦争《せんそう》はあらゆるものの父だと、有名《ゆうめい》な学者《がくしゃ》がいっています。しかしバンベルトは賛《さん》成《せい》できませんでした。父が自分の子どもを食《く》いつくすなどということが、あっていいものでしょうか？

二つめのふうとうをすぐにはあけられませんでした。天窓《てんまど》の下までいくと、外をじっとみつめました。この日はくもっていて、雨雲《あまぐも》が重くたちこめていました。バンベルトは窓の下で立ったまま、泣《な》きました。

やっと泣きやんだときには、日がくれていました。バンベルトはベッドにもぐりこみました。子どものようにまるくなると、深《ふか》く、心やすらぐねむりに落《お》ちていきました。

バイヨンヌからのふうとうは、封《ふう》をされたまま、台所《だいどころ》のテーブルにのっていました。

あくる朝、食事《しょくじ》がすんだ後《あと》で、バンベルトはバイヨンヌからのふうとうをひらきました。とたんに、にっこりとほほえみました。きのうの物語《ものがたり》とちがい、おかしな話だったからです。にげた人形《にんぎょう》の物語《ものがたり》でした。
物語が、ほんものになる場《ば》所《しょ》にフランスをえらんだので、物語の題《だい》をかえました。

パリへにげた人形

コート・ダルジャンは、フランス南西部《なんせいぶ》にのびる、うつくしい海岸《かいがん》の町です。細《こま》かな砂《すな》がゆるやかな丘《おか》をつくりながら、北のアルカションから南のバイヨンヌまでつづいています。波《なみ》が力強《ちからづよ》くよせてはくだける場所で、大西洋《たいせいよう》がうねる波となって打《う》ちよせてきます。

ある週末《しゅうまつ》、少女がパリから両親《りょうしん》とやってきました。ごみごみした都会《とかい》を離《はな》れ、海の新鮮《しんせん》な空気をたのしみにきたのでした。季《き》節《せつ》は春で、荒々《あらあら》しい風が、砂浜《すなはま》の砂をもうもうと吹《ふ》きあげ、砂丘《さきゅう》の上に積《つ》もらせ、その砂丘のむこうで波のしぶきを霧雨《きりさめ》のよう

に舞《ま》わせていました。

子どもは両親《りょうしん》とともに、細《こま》かい砂《すな》のなかを足をふみしめて歩いていきました。ゆっくりとしか歩けません。赤い上着《うわぎ》を着《き》た少女は、何度《なんど》も立ちどまっては、かがんで貝《かい》がらや、光る石をひろいました。

両親《りょうしん》はそのあいだも止まらず、話をしながらどんどん歩いていきました。話に夢中《むちゅう》になって、むすめをみうしなってしまいました。

やっとあたりをみまわしたとき、少女のすがたはありませんでした。おどろいて全身《ぜんしん》がふるえました。

大きな声でむすめを呼《よ》びましたが、答えはありません。あわててもときた道をもどりはじめました。

ようやく、赤い上着《うわぎ》が砂丘《さきゅう》のあいだにみえました。両親《りょうしん》はほっとしました。

少女は夢中《むちゅう》になって、砂《すな》のなかであそんでいます。

「どうして急《きゅう》にすわりこんでしまったの？」

母親《ははおや》がきくと、少女は顔も上《あ》げずに答えました。

「だって、直《なお》してあげなくちゃいけないもん！」

両親は顔をみあわせました。父親《ちちおや》が夢《ゆめ》からさまそうと話しかけました。

「だけど、おちびちゃん。貝《かい》がらはからっぽ、なにもすんでいないだろ。しかたないんだよ。貝を直してあげることはできないんだ」

少女は顔を上げました。

「でも、すごくひどいの」

「けがをしたの？」母親がききました。

「あたしじゃないの！」少女はむっとして答えました。「あたしの子が。ほら、みて！」

そういって、少女は人形《にんぎょう》のうでをかかげました。

人形のうで一本だけ。

「取れちゃってるの。直《なお》してあげなきゃ」

すぐに父親《ちちおや》が口をひらきかけました。「よしよし、だいじょうぶだよ。さあ、おいで！」

しかし、このことばはのどにつかえてしまいました。広い砂浜《すなはま》に人形がたくさん、ばらばらになってちらばっていたのです。

こちらには、ピンクのうでが砂からつきだしており、あちらには、小さな足が何本ももつれています。胴体《どうたい》や頭もころがっています。百人もの人形の姉妹《しまい》が、海から砂浜にほうりだされたようでした。

少女はうでや足、頭や胴体をひろいあつめました。

そしてはだかの小さな人形《にんぎょう》の部品《ぶひん》をくっつけはじめました。

「いったい、なにがあったの？　ママが直《なお》してあげるからね！」

少女は手を動かしながら、声をかけました。

そしてきちんと直した人形を砂浜《すなはま》にすわらせていきました。はだかの小さな人形の輪《わ》ができました。あっというまに、直してやった人形の数は十をこえてしまいました。

両親《りょうしん》はことばもなく立ちつくしていました。砂浜に広がる人形《にんぎょう》の墓場《はかば》の光景《こうけい》に、ぼうぜんとしていたのです。

もちろん、ただの人形の部品《ぶひん》にすぎません。プラスチックでできた、ピンクの部品にすぎないのです。しかし子どもがそのまんなかにすわりこみ、根気《こんき》よくつなぎあわせているのでした。

小さな人形はもう十五体をこえていました。はだかのピンク色の小さな人形が子どもをかこんで、砂の上にすわっています。このまま子どもが直しつづけたら、数はどんどんふえていくでしょう。

「いったい、なにがあったの？」

少女は何度《なんど》もききました。人形《にんぎょう》は答えずにほほえんでいます。

「ひょっとして船《ふね》からほうりだされたのかな？」

父親《ちちおや》が考え考えいいました。

「船から？　じゃあ、救命胴着《きゅうめいどうぎ》を着《き》てるはずでしょ！」

「ひょっとして水あびしていたときに、海の波《なみ》にさらわれたのかな？」

「水あび？　じゃあ、水着《みずぎ》を着てるはずでしょ！」

「どこかで嵐《あらし》があって、浜辺《はまべ》のお店から海に流《なが》されたのかな？」

「だけど、人形がはだかでばらばらで売《う》られているわけがないでしょ！」

父親はいろいろなことをいいましたが、少女はすべてはねつけました。

二十四体めの人形を直《なお》したとき、少女は顔を上《あ》げていいました。

「どこかで戦争《せんそう》があったのよ！」

「ばかな！　だれが人形を相手《あいて》に戦争をするんだい？」父親がききました。

「じゃあ、どうして人形のうでや足や頭がもげてるの？」

少女は怒《おこ》ってききかえします。両親《りょうしん》はなにもいえませんでした。

少女はせっせと人形《にんぎょう》を直《なお》しつづけました。そしてとうとう、ふしぎそうにききました。

「どうしててつだってくれないの？」

「はいはい、てつだうよ」

父親《ちちおや》は人形の部品《ぶひん》を集めにいきました。

母親《ははおや》はいやな予感《よかん》がして、そっとききました。

「その人形、ぜんぶ家に持《も》って帰るわけじゃないでしょうね」

すでに三十体くらいの人形がほほえみながら、砂《すな》の上にすわっています。

「だけど、どこにいかせればいいの」

「うちはだめ！　もう人形は、大きいのも小さいのも、たくさんお部屋《へや》にあるでしょう」と、母親はいいました。

「だけど、ここにおいていけないでしょ！」少女は怒《おこ》っていいました。「みてよ、この子たちがどんな目にあったか！」

そして少女は、へこんだピンクの足をかかげました。

「でも、もうおく場所《ばしょ》がないじゃないの……」母親《ははおや》はいいかけました。しかし、むすめが本気《ほんき》で心を痛《いた》めているようすをみて、口をつぐみました。なんだか、わるいことをしたような気がしました。

「さあ、みつけたのは、これでぜんぶだぞ！」

父親《ちちおや》がのこりの人形《にんぎょう》の部品《ぶひん》をむすめのまえにおきました。少女はそれをぜんぶ集めました。

その日の夕方、四十三体のはだかのピンクの人形が、バイヨンヌからパリにむけ、車でぶじににげだしたのでした。少女はしあわせそうにほほえんだまま、子ども席《せき》にすわってねむっていました。手にはまだひとつ小さな人形を持《も》っています。片うでと片足《かたあし》がない人形でした。

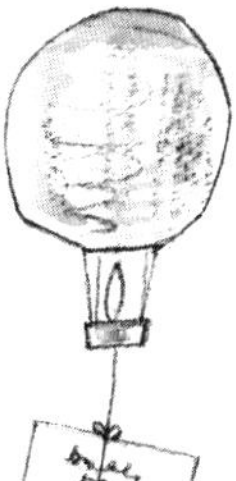

よくやった、えらいぞ！　バンベルトはこの少女をほこらしく思いました。自分にも子どもがいたらいいのにな。しかし、バンベルトを好《す》きになってくれる、きちんと血《ち》や肉《にく》をそなえたほんものの女性《じょせい》には出会《であ》えませんでした。だから娘《むすめ》や息子《むすこ》は、みんな物語《ものがたり》のなかで育《そだ》てるしかありませんでした。

このパリからきた少女は、とくべつのお気にいりでした。この子は、たくさんの人《ひと》人《びと》の救《すく》い主《ぬし》だ。

ときおり物語のなかにすむ子どもたちの名前を考えてみます。この少女にはオディールと名づけていました。しかし、それを知っているのは、バンベルトだけ。

いつかブリュムケに、子どもたちの話をしてみようかな。きっと耳をかたむけてくれるだろう。

ブリュムケにからかわれたことは、いちどもありません。バンベルトが体のせいでふうがわりな考えかたをしたり、夢《ゆめ》や物語のなかににげこんだりしても、けっしてわらいませんでした。

いつかブリュムケにすべてを話せるといいな。そういえば、まだワインのお礼《れい》をいっていなかった。あのときは、ワインのおかげでほんとうによくねむれたんだった。

そのころブリュムケは、下のお店で、フィンゲルレさんが持《も》ってきてくれた物語《ものがたり》を読んでいました。熱気球《ねつききゅう》がまたひとつ、ほんのしばらく飛《と》んだあと、果樹園《かじゅえん》に着地《ちゃくち》していたのです。

そのおはなしには、とてつもなく強い意志《いし》がこもっていました。おそろしいできごとをなくしたい、というねがいがこめられていました。小さな体をしたバンベルトが、世界から残酷《ざんこく》なことを消《け》しさりたいという、こんなにも大きな希望《きぼう》をいだいていたのです。

それは、バンベルト自身《しじん》をすくうことでもありました。いま読んだ物語は、体の不《ふ》自由《じゆう》な、小さな人間が殺《ころ》された時代《じだい》の話でした。殺したのは強制収容所《きょうせいしゅうようじょ》の医師《いし》たち。患者《かんじゃ》の健康《けんこう》のためにはたらくという誓《ちか》いにそむいたのです。

ブリュムケはじっくり考えると、ポーランドの切手と消印《けしいん》を使《つか》うことに決《き》めました。

スウビッツェの町を思いうかべました。ドイツ北東部《ほくとうぶ》を流《なが》れるオデール川ぞいに、あの大きな町とおなじ名前の、フランクフルトという小さな町があります。スウビッツェはその町のむかいにあり、橋《はし》でつながっています。そこがぴったりあうはずだ。

あくる朝、バンベルトは台所《だいどころ》のエレベーターに、二通《つう》のふうとうをみつけました。ひとつはポーランドからで、もうひとつはホーエントヴィールからでした。ポーランドのほうは、スウビッツェという消印《けしいん》がおしてありました。朝食《ちょうしょく》のときにいつもそばにおいておく世界地図《せかいちず》で調《しら》べたところ、オデール川ぞいにある、ドイツとポーランドの国境付近《こっきょうふきん》の町で、フランクフルトの真《ま》むかいにあることがわかりました。バンベルトは川の名前を書きいれました。そして物語《ものがたり》を守る精霊《せいれい》が、この物語も正しい場所《ばしょ》にみちびいてくれた、と感じました。バンベルトはうれしくなりました。この物語は、わるいやつらからうまくにげきった話だからです。

題名《だいめい》は「ガラスのいかだ」。バンベルトはさらに「オデール川」や「スウビッツェ」と、物語がほんものになった場所を書きいれていきました。

ガラスのいかだ

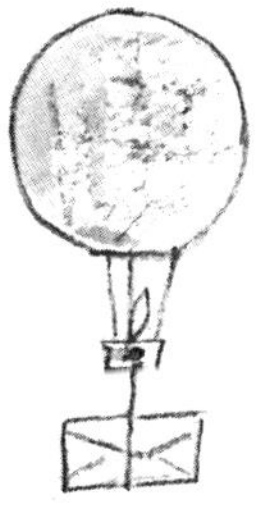

スウビツェの町のまわりには、地面《じめん》にあながいくつもあいています。おとしよりはたいがい、このあなのことをできるだけわすれようとしています。ただ、しずかに流《なが》れるオデール川だけは、土手《どて》のむこうでおこったできごとを知っていました。
それは、死《し》の黒い天使《てんし》が支配《しはい》した時代《じだい》のことでした。自分たちを天使だと思いこんでいた連中《れんちゅう》のことです。全身《ぜんしん》黒ずくめの服装《ふくそう》で、どくろの紋章《もんしょう》をつけ、黒くてぴかぴかの長ぐつで行進《こうしん》していました。そして、いく先々《さきざき》の人々《ひとびと》は、つめたい死の予感《よかん》にふるえあがりました。
ある日、オデール川に、きみょうな群《む》れが近づいてくる音がひびきました。子どもの足音のようです。歩いているというよりも、つまずいているという感じでした。あ

わてていますが力はありません。目的地《もくてきち》もありません。ただなにかからのがれるように進《すす》んでいました。うしろから、黒い長ぐつがするどい足音を立てながら追《お》いたてていました。死《し》の黒い天使《てんし》が追ってくるのでした。

オデール川の岸辺《きしべ》で行列《ぎょうれつ》は止まりました。やっと、夜じゅうずっと死の天使に追いたてられてきた集団《しゅうだん》が、すがたをあらわしました。ほんとうに子どもたちです。きびしい冬なのに、はだしで歩いています。

子どもたちは、きみょうに年老《としお》いた顔をしていました。髪《かみ》は短《みじか》く刈《か》られています。やせおとろえ、囚《しゅう》人服《じんふく》を着《き》ていました。上着《うわぎ》もズボンもうすいパジャマのような生地《きじ》でした。目は不安《ふあん》でおどおどしています。

「進《すす》め！　立ちどまるな！」

死《し》の黒い天使《てんし》の命令《めいれい》する声は、長ぐつの音とおなじようにきびしくひびきました。武器《ぶき》を持《も》ち、どこへむかっているのか、ひとこともいおうとしません。ただひたすら群《む》れを追《お》いたてています。

一行《いっこう》がむかっている先は、大きく口をあけたあなでした。何十年ものちには、ただのくぼみにしかみえなくなるあなです。

棒《ぼう》で追いたてられて、子どもたちはオデール川の岸《きし》を進《すす》んでいきました。ひとりがころぶと、まだ歩けるものが助《たす》けおこしました。おきられないものは、そのままのこされました。

死の黒い天使には、同情《どうじょう》のかけらもありませんでした。命令を受《う》けており、ただそれにしたがっていたのです。天使というのは、命令にしたがうものと決《き》まっています。それはたとえ黒い天使であってもおなじ。なんのうたがいも感じずに、群《む》れを目的地《もくてきち》へと追いたてていきました。

恐怖《きょうふ》のかげは、その百倍《ばい》ものはやさで進んでいました。このかげのせいで道のりはひえていき、黒い天使《てんし》の心をますます冷酷《れいこく》にしました。

あなまであとすこしというとき、指揮官《しきかん》の「止まれ！」という声がひびきました。群《む》れはしたがいました。

子どもたちはこごえていました。足ぶみし、うでを組み、ふるえています。あたたかな生活など、とうにむかしのことです。

黒い天使は列《れつ》から離《はな》れて立っていました。たばこの火がちかちかと光っています。金属《きんぞく》がカチリと音を立てています。

黒い天使たちはひと息《いき》ついていたのでした。さいごのひと仕事《しごと》がのこっている。だが、自分たちの子どものことを思うと……

天使たちは、水筒《すいとう》から強い酒《さけ》を飲《の》みました。酒はのどを焼《や》き、同情《どうじょう》の気持《きも》ちを焼きつくしました。同情は仕事をむずかしくするだけだ。

子どもたちの群れは土手《どて》でさむさにふるえていました。

そのとき、オデール川の水の流《なが》れがとつぜんゆっくりになりました。川が息を止めたかのようでした。

黒い天使《てんし》のつめたいかげのせいで、水がこおりはじめたのです。やがて、ついに流《なが》れが止まり、水面《すいめん》がなめらかになってきました。こうしてかたい氷《こおり》が生まれたのです。

氷は固《かた》まると、岸《きし》によってきました。ひとつ、またひとつ。たがいにこすれあい、土手《どて》にぶつかってきました。

氷はガラスのいかだのように、ゆるい流れの上にうかんでいました。霧《きり》が深《ふか》くたちこめてきました。

むこうでは、死《し》の黒い天使たちがたばこをふかしています。ひと息《いき》ついて、さいごの歩《あゆ》みにそなえています。群《む》れを目的地《もくてきち》のあなまでつれていかなくては。もうそれほど時間はありません。

黒い長ぐつで、たばこの火がふみ消《け》されました。オデール川の氷はどんどん大きくなっています。氷がつぎつぎに集まってきます。氷と氷が、いかだといかだがつながっていきます。

氷はぶあつくなっていて、やせた子どもならのれるほどでした。しかし、大人《おとな》がのるにはうすすぎます。

子どもがのれるほどあつい？

大人《おとな》がのるにはうすい？

さむさにふるえる群《む》れがそわそわしはじめました。と、列《れつ》のいちばんまえにいた子どもが、氷《こおり》の上ににげだしました。ふたりめの子どもも、だまってついていきました。

とうとう、子どもたちはみな、川にうく氷のかたまりにとびのりました。おそれおののいていた子どもたちは、ひとりのこらず、ゆらゆらとゆれるいかだにのりました。

岸《きし》からののしり声がきこえてきました。しかし霧《きり》が深《ふか》くたちこめて、手を目のまえにやってもみえないほどです。黒い天使《てんし》が撃《う》った弾《たま》も的《まと》にはあたりませんでした。

流《なが》れがまたはやくなりました。死《し》の黒い天使たちも氷にのろうとしますが、うまくいきません。黒い長ぐつがあたると、氷がわれてしまうのです。

氷《こおり》は子どもたちをのせて流《なが》れていきました。黒い天使《てんし》は近づくこともできませんでした。

子どもたちは流れにのって川をくだっていきました。たどりついた先は、底《そこ》なしの沼地《ぬまち》。

しかし霜《しも》の神《かみ》さまが、沼の上にこおった道と橋《はし》を用意《ようい》しておいてくれました。子どもたちは、沼地のそばにぽつりぽつりとたっている小屋《こや》にむかいました。農民《のうみん》や漁師《りょうし》が食べ物をくれ、かくまってくれました。人々《ひとびと》はとりでとなって、死《し》の黒い天使から子どもたちを守り、にがしてくれました。

朝になって雪どけがはじまりました。まえの夜にはあった氷の橋《はし》や道はとけてなくなり、追《お》ってきた黒い天使が進《すす》むことはできなくなってしまいました。

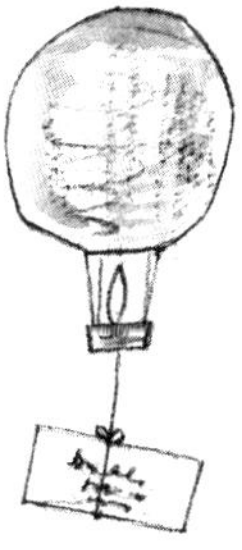

この物語《ものがたり》では、川や小さな霜《しも》の神《かみ》さまに、子どもたちの命《いのち》を助《たす》けてもらうしかありませんでした。そのころ、収容所《しゅうようじょ》から脱出《だっしゅつ》した子どもを助けることを、ほとんどの人がいやがっていたからです。大人《おとな》たちは知らんぷりをし、みなかったふりをしました。

そうせずに立ちむかったのは、ごくわずかな人だけでした。そしてその勇気《ゆうき》ある行《おこ》ないのせいで、命を落《お》とすことになったのです。

バンベルトはため息《いき》をつきました。あのころ生まれていたら、生きのこれなかっただろうな。

ふと、大人になっても体の小さかったオランダの教師《きょうし》、アレクサンダー・カタンのことを思い出しました。この教師は、強制《きょうせい》収容所で皮膚《ひふ》をはがれ、その皮膚でランプのかさがつくられました。そのランプはいまでも、強制収容所記念館《きねんかん》でみることができます。なんと残酷《ざんこく》なのだ。おそろしくて鳥肌《とりはだ》が立ちました。

バンベルトは、自分がそれよりもっとむかしに生まれたと想像《そうぞう》するのが好《す》きでした。

理由《りゆう》はかんたん。道化師《どうけし》にあこがれていたからです。宮廷《きゅうてい》道化師となって、気どった貴族《きぞく》をおもしろおかしく演《えん》じてみたい。自分たちはかんぺきだと思いこみ、道化にからかわれると腹《はら》を立てる人ばかりの現代《げんだい》に生きるよりも、ずっといい。

バンベルトは偉大《いだい》な宮廷道化師の名前をそらでおぼえていました。ハイデルベルク城《じょう》の宮廷道化師の小人《こびと》ペルケオ、ブリュッセルのグランヴェラ枢機卿《すうききょう》の宮廷小人スタニスラウス、フィレンツェのメディチ家の宮廷小人モルガンテ、アルンデル伯爵夫人《はくしゃくふじん》の宮廷小人ロビン、イギリスのヘンリエッタ・マリア女王の宮廷小人サー・ジェフリー・ハドソン、スペインのフェリペ四世《せい》の宮廷道化師の小人セバスチャン・デ・モラ……

それに、「フランス科学《かがく》アカデミー」がつくられたのは、ひとりの道化師のおかげではありませんか。フランス貴族《きぞく》のジュリー・ダンジュンヌに仕《つか》えた小人で、のちにグラースの司教《しきょう》となったアントワーヌ・ゴドー卿《きょう》です。

フランス南部《なんぶ》、プロヴァンス地方《ちほう》のグラースの司教だった、体の小さなゴドーは、かしこかっただけでなく、偉大な作家《さっか》でもありました。バンベルトはゴドーにひそかにあこがれていました。こんなことばをのこしているからです。「作家《さっか》にとって、書くことは天国《てんごく》にいるようなものだ。その後、書きなおしをすることは、地獄《じごく》にいるようなものだ」

バンベルト自身《じしん》は、いまは自分で書きなおしているわけではないな、と感じました。

こんなことを考えたのは、十番目の物語《ものがたり》、さいごから二番めの物語を読む気分をもりあげるためだったのかもしれません。

ふたつの物語がまだのこっています。ひとつは自分の物語、道化《どうけ》の物語。もうひとつは、まだ書かれていない物語。きっとおもしろい話をみつけてくることでしょう。どちらの物語がふうとうに入《はい》っているのだろう？　さしだし人の住所《じゅうしょ》はホーエントヴィールとあります。道化にふさわしい場所《ばしょ》。道化をたたえる物語は、この最高《さいこう》にぴったりの場所を、正しくえらんだでしょうか。

ふうとうをあけてみると、やはり思ったとおりでした。「赤いくつしたと黒い上着《うわぎ》」の物語が入っていました。

赤いくつしたと黒い上着《うわぎ》

　ドイツ南西部《なんせいぶ》のシュバーベン地方《ちほう》のジンゲンに、ホーエントヴィール山がそびえています。むかしこのあたりにすんでいた伯爵《はくしゃく》は、農家《のうか》におしかけてくると、家畜《かちく》を取りあげ、納屋《なや》や地下室《ちかしつ》からすべてをうばっていきました。農民《のうみん》たちはひどくまずしくなってしまいました。食べるものも、畑《はたけ》にまく種《たね》も、なにもかも取られてしまったのです。

　それから、ひどい干《かん》ばつにみまわれました。人も家畜も飢《う》えていきました。牛は牧《ぼく》草地《そうち》でたおれ、豚《ぶた》は豚小屋《ぶたごや》で死《し》にました。ウサギさえもやせてしまいました。

　しかしカラスだけは、まるまると太っていました。黒い大群《たいぐん》となって、かわききった大地を飛《と》び、死体《したい》をみつけると、まるでお葬式《そうしき》をひらくかのように、群《むら》がって騒々《そうぞう》しく食《く》いあさりました。

それを農家《のうか》の少年がじっとみていました。この年、子どもたちはほとんど背《せ》がのびませんでしたが、この少年も例外《れいがい》ではありませんでした。まずしく、食料《しょくりょう》がなかったため成長《せいちょう》できなかったのです。

少年はふしぎでした。動物も人間も、みんなききんで死《し》ぬ寸前《すんぜん》だ。カラスと、ホーエントヴィールの伯爵《はくしゃく》だけがまったく平気《へいき》なようす。どうしてなんだろう。伯爵には手も足も出ない。でも、こんなひどいききんを生きのびていくには、カラスに学ばなくては。でないと、ぼくもおわりだ。

少年は黒い上着《うわぎ》を着《き》て、赤い長くつしたをはくと、木の上でカラスのそばにうずくまりました。そしてよく観察《かんさつ》し、カラスのことばをおぼえました。

日がのぼるころ、カラスが偵察《ていさつ》を放《はな》つのがきこえました。

「どこかでなにか死んだかな？　調《しら》べてこい。夜のあいだに死んだものがあったかどうか」

偵察ガラスは飛《と》びたちました。しばらくすると、もどってきて報告《ほうこく》しました。牧草《ぼくそう》地《ち》で死《し》んだ牛が一頭《いっとう》。柵《さく》のなかで飢《う》え死《じ》にした豚《ぶた》が一頭。村のむこうでたおれた馬が一頭。

するとカラスたちは一団《いちだん》となって空に飛《と》びたち、死体《したい》のもとに舞《ま》いおりると、がつがつと食べはじめたのです。

少年はたっぷりと学びました。そして木から下《お》りると、牛の皮《かわ》を頭からかぶり、小屋《こや》のうしろにねころがりました。

すぐにまるまるとしたカラスたちがやってきて、少年の目をつつきだそうとしました。

「やったぞ！」少年はさけぶと、いちばん太ったカラスをつかまえました。そして串《くし》にさして焼《や》いてしまいました。ほかのカラスたちはあっけにとられてみていました。

あくる朝、少年は馬の皮《かわ》を頭からかぶると、道ばたのみぞにねころがりました。するとまたカラスが飛《と》んできて、少年の目をつつきだそうとしました。

「やったぞ！」少年はさけぶと、いちばん太ったカラスをつかまえました。そして串にさして焼くと、すっかりたいらげてしまいました。なにもないよりましだ。

カラスたちは不安《ふあん》になりました。

「あの少年には、かないそうにない。なにがのぞみかきいてみよう」

少年はカラスのことばをきき、木をのぼっていきました。

「なぜわたしたちを食べるんだ？」カラスはききました。

「おなかがすいているからさ」少年は答えました。

「なぜおまえの仲間《なかま》にたのんで、助《たす》けてもらわないんだ？」

「ぼくの仲間はみんな飢《う》えているからさ。もう食べるものがない」

「それはちがう！」カラスたちがさけびました。

「冷酷《れいこく》なホーエントヴィールの伯爵《はくしゃく》の地下室《ちかしつ》は、食べ物や飲《の》み物でいっぱいだ。家畜小屋《かちくごや》もいっぱい、倉庫《そうこ》も穀物《こくもつ》でいっぱいだ。伯爵はおまえの仲間、人間じゃないか！」

「人間とはいえないよ。伯爵だもの！」少年はいいはりました。

カラスたちは相談《そうだん》して提案《ていあん》しました。

「わたしたちをもう食べないなら、おまえに伯爵をやるよ」

「よし」少年は答えました。「でも、もし約束《やくそく》をやぶったら、枝《えだ》がなくなるまで串《くし》をつくって、おまえたちをみんな串焼《くしや》きにしてやるぞ！」

カラスたちはカアカア鳴《な》いていいました。

「だいじょうぶ。約束は約束だ！」

少年はカラスをいかせてやり、木の上でうずくまったまま待《ま》ちました。

やがて、ほんとうに伯爵《はくしゃく》が馬にのってやってきました。そして木の下で止まると、上をむいて大声でいいました。

「おい、そこのおまえ！　赤いくつしたをはいた道化《どうけ》め、木の上でなにをしているのだ？　おまえはだれだ？　いえ！」

少年は下にむかってさけびかえしました。

「ぼくはカラスの王だ。おまえを待《ま》っていた。命令《めいれい》する。倉庫《そうこ》をひらき、飢《う》えた人々《ひとびと》に穀物《こくもつ》を配《くば》るのだ！」

伯爵はあざけるようにわらいました。

「木の上の道化が、カラスの王だと？　しかも、あつかましくもこの伯爵さまに命令

するだと？」

伯爵《はくしゃく》は弓《ゆみ》をかまえ、少年をねらいました。すると、青い空からカラスの群《む》れが、伯爵にむかって舞《ま》いおりてきました。

伯爵にはどうしようもありませんでした。カラスはようしゃなくおそい、つついていています。

「カラスを追《お》いはらってくれ！　話しあおう！」伯爵は大声でわめきました。

カラスが離《はな》れました。

とたんに伯爵は馬に拍車《はくしゃ》を入《い》れ、あざけりわらいながら、走りさりました。はやく走らされて、馬はあわをふいていました。

少年はカラスに合図《あいず》しました。カラスたちは馬よりもはやく飛《と》んで追いつき、伯爵をとりまきました。馬はこわがり、伯爵《はくしゃく》をふりおとしました。伯爵はいきおいよく落馬《らくば》しました。ねころがったままおきあがりません。

少年がそばによってきました。そして冷酷《れいこく》な伯爵の両手《りょうて》をうしろでしばり、太い綱《つな》につないで、ホーエントヴィールのお城《しろ》までひっぱっていきました。その上を、カラスが舞《ま》っていました。

とちゅうで少年は村人をみな呼《よ》びあつめ、伯爵に発表《はっぴょう》させました。倉《くら》をひらき、うばいとったものをみなに返《かえ》す、といわせたのです。

すぐに伯爵の家畜小屋《かちくごや》がひらかれ、飢《う》えた人々《ひとびと》に肉《にく》が配《くば》られました。地下室《ちかしつ》がひらかれ、ビールやワインもふるまわれました。倉はすっかりからになって、穀物《こくもつ》や種《たね》がみなの手にもどりました。

多くの人は、ひとかたまりになっておそるおそるお城に上《のぼ》ってきました。道化《どうけ》が伯爵に力をふるうなど、いつまでもつづくとは思えなかったのです。しかし飢《う》えはおそれを上回《うわまわ》っていました。

伯爵は空に舞うカラスをみつめていました。そして少年に命《めい》じられるままに動きました。

伯爵《はくしゃく》が、かつて農民《のうみん》たちからうばいとった食べ物を返《かえ》すと、ようやく少年は綱《つな》をほどいてやりました。伯爵はしびれた両手《りょうて》をさすっていましたが、また怒《いか》りがこみあげてきました。

しかし少年は、ただだまって空を指《ゆび》さしました。カラスが舞《ま》っています。

「わかった。しかし、おまえのような道化《どうけ》でも知っておけ。伯爵をしばるなど、ゆるされんぞ！　おまえはカラスの王だと名のり、わたしに教えをたれた。まさに道化の仕事《しごと》をしてくれたというわけだ。

しかし伯爵は伯爵だ！　おまえを山に追放《ついほう》する。そこから一歩でも出たら、命《いのち》はないぞ。そこが永遠《えいえん》におまえの王国となるのだ。

おまえはカラスの王だといったな。だったら、カラスもいっしょに追放だ。おまえの山は永遠にカラスの山だ！」

少年はそれにしたがいました。それ以来《いらい》、道化として木の上から伯爵に命《めい》じた、この農家《のうか》の少年の山は、「カラス山」という名前になりました。赤い長くつしたと黒い上着《うわぎ》をつけた少年のすがたが、よくこの山でみかけられました。

少年はいまも、そこにいるといわれていますが、たしかなことはわかりません。しかし、カラスたちがいつまでも王に忠実《ちゅうじつ》だったことは、まちがいないようです。

バンベルトは、小さな農家《のうか》の少年が勝《か》つ結末《けつまつ》に、満足《まんぞく》していました。小さな道化《どうけ》をたたえる山が、いまでもあるはずだ。少年はカラス山のポッペルぼうやという名前で呼《よ》ばれているはず。
それにしても、かつては道化にも生きていく場所《ばしょ》があたえられていたんだな。「小人《こびと》」が司教《しきょう》になれたくらいだもの。それだけでも、その時代《じだい》にあこがれないではいられない。

バンベルトは物語《ものがたり》を取りあげると、『バンベルトの失《うしな》われた物語の本』と書かれた、手づくりのファイルにはさみました。

これで、十の物語が帰ってきました。十の物語が、ほんものになるのにふさわしい場所《ばしょ》と人をさがしだし、生命《せいめい》をえました。あとは、さいごの物語だけ。まだ書かれていない、みずから物語るはずの物語です。

十一は、有名《ゆうめい》な道化《どうけ》の数でもあります。集めて本にする物語は十一でなくては。それをまとめて本を十一冊《さつ》つくり、物語を送《おく》りかえしてくれた人たちに送らなくては。そろそろ、ブリュムケにもひみつをうちあけよう。そして、さいごの物語を楽《たの》しみに待《ま》っているのだと話そう。

バンベルトは、夕食《ゆうしょく》に招待《しょうたい》したいというメモを下に送りました。返事《へんじ》は、残念《ざんねん》ですがきょうはいけません、というものでした。頭痛《ずつう》がひどいので、またの日にぜひ、と書いてありました。

ブリュムケのぐあいはなかなかよくなりませんでした。バンベルトは何日も何週間《なんしゅうかん》も、天窓《てんまど》の下ですごしました。

町につらなる屋根《やね》をみつめながら、さいごの物語《ものがたり》を待《ま》っているということを考えないようにしました。物語が気球《ききゅう》につながったまま、とつぜん天窓からただよいこんできて、ほっとさせてくれるのではないだろうか、などと考えました。

けれども、待ちこがれる郵便《ゆうびん》は、いつまでたっても台所《だいどころ》のエレベーターにのってきません。とどくものといえば、請求書《せいきゅうしょ》ばかり。物語が屋根の上を飛《と》んでくることもありません。

しかしこれまではずっと、よい精霊《せいれい》が世界じゅうに飛んでいった物語を送《おく》りもどしてくれました。バンベルトは希望《きぼう》をすてませんでした。

最近《さいきん》みかけないブリュムケのことも心配《しんぱい》でした。なんだか、さけられているかのようです。

バンベルトはなんとか階段《かいだん》をおりて下のお店にいき、ようすをきいてみることにしました。

雑貨屋《ざっかや》のうらのドアから入《はい》ると、ブリュムケはフィンゲルレさんと話している最中《さいちゅう》でした。フィンゲルレさんは子どものころからの顔見知《かおみし》りです。近よると、ふたりはだまりこみました。ぼくのことを話していたんだな、とバンベルトは感じました。それでも親《した》しげにあいさつすると、いいわけのように、ワインを買《か》いたいといいました。できればこのまえとおなじ、フランスのワインがいいのですが、とつけくわえました。ブリュムケはすぐに立ちあがり、棚《たな》にむかいました。

高価《こうか》なワインはまだ三本のこっています。ブリュムケは大声でいいました。

「ワインはエレベーターでとどけます。わざわざ下《お》りてこなくても平気《へいき》だったんですよ」

「ええ、そうですが」と、バンベルトは答えました。「いつかの招待《しょうたい》を受《う》けてくださるのではないかと、いまも待《ま》っているんですよ。だから、上等《じょうとう》のコニャックとたばこもください。たばこはお好《す》きでしょう」

ブリュムケはこまったような顔で、いそいでバンベルトの注文《ちゅうもん》をそろえました。まだぐあいがわるそうだな、と考えながら、バンベルトはききました。

「きょうは、郵便《ゆうびん》はありませんよね？」

ブリュムケが気《き》の毒《どく》そうに首をふったので、バンベルトはまた二階《かい》に上《あ》がっていきました。

エレベーターはとうに台所《だいどころ》についていました。ワインとコニャックに、たばこのつまった小さな木の箱《はこ》もあり、さそうようにいいかおりをさせていました。

バンベルトはじっと待《ま》っていることができませんでした。昼間《ひるま》はいろいろなことをしてひまをつぶしました。世界地図《せかいちず》をみて空想旅行《くうそうりょこう》をしたり、さいごの物語《ものがたり》を出したときの風むきを思い出したり。あの夜、天窓《てんまど》からただよいでたさいごの物語は、かならずなにかをおこすはずなのです。

いまではバンベルトは、さいごのまだ書かれていない物語のためだけに生きているようなものでした。

やがて夜になりました。フクロウが町の屋根《やね》の上を音もなくすべり飛《と》んできて、バンベルトの窓《まど》からけむりが立ちのぼっているのをみつけました。バンベルトはたばこをすいはじめたのでした。ほんとうはブリュムケのために用意《ようい》したたばこが、青白《あおじろ》いけむりとなって家々《いえいえ》の屋根《やね》の上にとけていきました。

二度めのコニャックの注文《ちゅうもん》があったとき、ブリュムケは気づきました。バンベルトはどうやら不幸《ふしあわ》せらしい。そのかなしみを、コニャックであらいながそうとしているんだ。


バンベルトは目の下にくまをつくり、食欲《しょくよく》もなくしていきました。エレベーターでとどく注文をみていてブリュムケは、バンベルトはさいごの物語《ものがたり》を待《ま》っているのだと気づきました。しかし、なにも助《たす》けてやれません。だれかが物語をひろって、持《も》ってきてくれればいいのだが。

ふたりともそれぞれにさいごのふうとうを待っていました。そして、ゆっくりとした時の流《なが》れにつらい思いをあじわっていました。時はとつぜん、のんびりと流れはじめたようでした。ふたりはがまんを強《し》いられました。

バンベルトは考えていました。十一番目のふうとうにもまちがいなく、ブリュムケ雑貨《ざっか》店気付《てんきつけ》、と住所《じゅうしょ》を書いたはずだ。

ブリュムケは考えていました。バンベルトは体がじょうぶでないのに、あんなふうに無理《むり》をしていては、病気《びょうき》になってしまうぞ。

そうしてひたすら待《ま》っていました。しかし、郵便屋《ゆうびんや》さんもフィンゲルレさんも、それをおわらせてはくれませんでした。

ブリュムケは毎晩《まいばん》、自分の切手のコレクションをみつめていました。ヨーロッパのあらゆる国のものを用意《ようい》したのです。

バンベルトは窓《まど》の下で、目を赤くして夜をみつめていました。ときおり、コニャックのせいで、うたたねをしました。しかしひんやりした夜の空気で、すぐに目がさめました。そのたびにどきどきしながら、たばこの火が消《き》えているかどうかたしかめました。こんなに古い家の屋根裏《やねうら》で、たばこを持《も》ったまますうたたねするなど、危険《きけん》に決《き》まっています。

たばこには気をつけなくちゃな。屋根裏でたったひとりで火事《かじ》にまかれると想像《そうぞう》しただけで、ぞっとします。物語《ものがたり》は、いつもどってきて、みずから語《かた》ってくれるのだろう。

ある夜、月がおどろくほど明るくて、バンベルトは天窓《てんまど》をひらき、顔を出しました。そして夜の音やかげを、スポンジのようにすいこもうとしました。

コウモリが、ほれぼれするほどすばやく、さっとむきをかえながら飛《と》んでいきます。ときにはさわれるほどそばに飛んできました。

フクロウが飛ぶのもすばらしいながめでした。音を立てずに飛ぶので、かげがよぎるまでまったく気づきません。月からは乳白色《にゅうはくしょく》の光がふりそそいでいました。

そのとき、天窓から二メートルほど下に、明るく光るものがみえました。目をこらしていると、雨《あま》どいになにかひっかかっているのがわかりました。夜の風ではためいていますが、飛ばされることはなさそうです。

とつぜん、コニャックのせいでぼうっとしていた頭が晴《は》れました。あれは、待《ま》ちこがれていたふうとうだ。屋根《やね》のかわらに映《うつ》るかげは、雨で形がかわってしまっていますが、もとは気球《ききゅう》だったとわかります。小さなろうそくが、屋根をたたいている音がきこえてくるようです。

窓から体をのりだしてみました。じっとまばたきもせずにみつめるうち、目がひりひりしてきました。

なにも書かないまま世界に放《はな》ったさいごの物語《ものがたり》は、すぐそばの屋根《やね》のといにひっかかっていたのです。どれだけ長いあいだ、風や雨にさらされていたのでしょう。

つえをつかみ、高いいすの上に立つと、天窓《てんまど》から屋根の上へ出ました。しかし雨《あま》どいまでつえはとどきません。さらに体をのりだします。片足《かたあし》はもう屋根の上、片手《かたて》につえをにぎり、そして反対《はんたい》の手で窓《まど》わくをつかみました。

まだ数《すう》センチたりない。つえのにぎり手を、ふうとうと気球《ききゅう》の糸にひっかけようとしました。もうすこしと思ったとき、屋根の上で足がすべりました。窓わくのへりをぎゅっとつかむと、手に食《く》いこんで痛《いた》みが走り、思わず離《はな》してしまいました。

バンベルトはころげおちました。とっさにふうとうに手をのばしました。そしてつかんだと思った瞬間《しゅんかん》、気を失《うしな》ってしまいました。

ブリュムケは切手をみていましたが、はっとおどろきました。屋根の上でなにかがすべり、ガラガラッという音がきこえたかと思うと、どさっと落《お》ちる音がしたのです。

あわてて外に出ると、バンベルトが通《とお》りにたおれていました。くしゃくしゃになったふうとうを手にしっかりとにぎっています。まだ生きている。ブリュムケは助《たす》けをもとめてさけびました。となりの窓《まど》に電気《でんき》がつき、救急車《きゅうきゅうしゃ》が呼《よ》ばれました。

それからはあっという間《ま》でした。バンベルトは救急車にのせられ、サイレンの音とともに病院《びょういん》にはこばれていきました。

ブリュムケはぼうぜんとしていました。家に入《はい》ってやっと、ふうとうを持《も》ってきてしまったと気づきました。

ぼんやりしていて、ふたりの警官《けいかん》に話しかけられても気づきませんでした。警官は、バンベルトの部屋《へや》のかぎを持《も》っていたらかしてほしい、バンベルトが気《き》の毒《どく》に窓《まど》から落《お》ちてしまった原因《げんいん》を調《しら》べたいので、といいました。

警官に肩《かた》をたたかれて、ブリュムケはようやくもの思いからさめました。そしてふたりをつれて二階《かい》に上《あ》がりました。

台所《だいどころ》のテーブルには、ひらいたままの世界地図《せかいちず》と、飲《の》みのこしのコーヒーがありました。三人はさらに、屋根裏《やねうら》の天窓《てんまど》のほうにむかいました。すいがらが山になった灰皿《はいざら》と、いすの上に、ほとんどからになったコニャックのびんがありました。すいがらはひえています。天窓は大きくひらいています。あらそいがあったようすはありません。

警官はブリュムケに、なににも手をふれないようにとたのみました。そして翌朝《よくあさ》、あらためて刑事《けいじ》が捜査《そうさ》します、とつたえました。

警官が帰ると、ブリュムケはもういちどバンベルトの部屋に上がりました。台所にいくと、世界地図《せかいちず》にかくれていたファイルがみつかりました。厚紙《あつがみ》でできた表紙《ひょうし》に『バンベルトの失《うしな》われた物語《ものがたり》の本』とあります。

ブリュムケはファイルを持《も》って自分の部屋《へや》にもどりました。テーブルの上の切手のアルバムをかたづけると、ひらいてみました。

なかには、なじみのお客《きゃく》さんが持ってきてくれた物語が入《はい》っていました。封《ふう》のあいたふうとうも入っていました。さしだし人の名前や住所《じゅうしょ》は、どれもブリュムケが字をいろいろにかえて書いたものでした。物語はみな町のなかか、すぐ近くに落《お》ちていたのです。そこでブリュムケは、なんとかバンベルトの希望《きぼう》をかなえてあげようと思ったのでした。

ブリュムケは自分がはった切手をながめました。そういう切手があれば、バンベルトは物語の持つ力を信《しん》じてうたがわないだろうと思ったのです。消印《けしいん》は、ゆでたまごでほんものの手紙から写《うつ》しとって、おしつけたものでした。

それから、バンベルトがにぎっていたふうとうを手に取りました。まだ切手も、さしだし人の名前や住所もありません。

ふうとうをあけると、なかにはバンベルトの手紙が入っていました。何度《なんど》もみて、もう暗記《あんき》してしまったほどです。四枚《まい》の白紙《はくし》も入《はい》っていました。

この四枚の白紙に、バンベルトは必死《ひっし》の思いで、希望《きぼう》のすべてをこめたのです！

ブリュムケは、小さな作家《さっか》のバンベルトがやろうとしていたこころみに、おぼろげながら気づきました。

あした、いや、きょう、刑事《けいじ》がきたら、屋根《やね》の上に紙やろうそくがのこっているかもしれない、と教えよう。そして、それがバンベルトが落《お》ちた原因《げんいん》だったのではないかと話してみよう。

外はしだいに明るくなってきました。ブリュムケはひげをそり、シャワーをあびて着《き》がえると、お店のまえに「本日閉店《ほんじつへいてん》」と看板《かんばん》を出しました。そして病院《びょういん》にむかいました。

バンベルトは集中治療室《しゅうちゅうちりょうしつ》で、酸素《さんそ》テントに入っていました。まわりでは機器《きき》が動いており、いろいろな管《くだ》が体につながっています。呼吸器《こきゅうき》が大きな音を立て、ふたつの画面《がめん》に脈拍《みゃくはく》と脳波《のうは》のようすが映《うつ》っています。

バンベルトは生死《せいし》のあいだをさまよっていました。ブリュムケは面会《めんかい》をゆるされませんでした。

看護婦《かんごふ》に名前を名のり、バンベルトの両親《りょうしん》からまかせられていると説明《せつめい》しました。そして、容体《ようだい》が変化《へんか》したら連絡《れんらく》してほしい、とつたえました。看護婦は名前と電話番《でんわばん》号《ごう》をひかえてくれました。

ブリュムケはしずんだ気持《きも》ちで家に帰りました。待《ま》っているあいだ、なにをしたらいいかわからなかったので、『バンベルトの失《うしな》われた物語《ものがたり》の本』と書かれたファイルをひらきました。それを読んでいると、友の近くにいるように感じました。

物語はすべて読みました。物語のなかにこめられた思いも読みとりました。これほど友を近くに感じたことはありませんでした。

そのとき、電話が鳴《な》りました。バンベルトが死《し》との戦《たたか》いにやぶれたという知らせでした。

ブリュムケはぼんやりとすわっていました。いつのまにか二時間たって、やっと立ちあがると、バンベルトのためにろうそくをともしました。

テーブルにつくと、ぼうっとしながら赤ワインをグラスにそそぎ、乾杯《かんぱい》するようにかかげました。そうやって友に別《わか》れをつげ、そのたましいがぶじに天国《てんごく》へいけるよう、いのりました。バンベルトの偉大《いだい》なたましいは、成長《せいちょう》せずに痛《いた》みばかりうったえる小さな体から、ついに自由になったのです。

ブリュムケは、さいごの物語《ものがたり》の四枚《まい》の白《はく》紙《し》をファイルから取りだし、万年筆《まんねんひつ》を手にしました。物語がほんもののペンとインクをもとめているように思えたからです。

これまで、物語を書いたことなどありませんでした。自分のことを作家《さっか》だと思ったこともありません。しかし、友のためさいごに親切《しんせつ》なことをしてあげたいと思いまし

た。物語《ものがたり》がみずから語《かた》るのを、助《たす》けなければと感じたのです。ブリュムケはただそれを書きつけるだけでいいのです。

ろうそくが目のまえでしずかに燃《も》えていました。ブリュムケは書きはじめました。

夢《ゆめ》のむこう岸《ぎし》

バンベルトは目をあけたまま横《よこ》になっていました。ほとんど動くことができません。

ここはどこだろう。

管《くだ》がうでにつながっています。ぶらさげられたびんから、管に「時間」がぽたぽたと落《お》ちていきます。うす暗《ぐら》いなかで、光の点がまたたいています。やせた胸《むね》に針金《はりがね》がまきついているようです。おきあがろうとしましたが、すぐにたおれてしまいました。

すぐそばで声がしました。

「飲《の》みなさい。くちびるをしめらせておかないと」

口もとに容器《ようき》をおしつけられました。ひと口飲《の》み、目をとじました。

すると、天窓《てんまど》がまたみえました。窓から身《み》をのりだして、片手《かたて》でしっかりと窓わくをつかみました。そしてもう一方《いっぽう》の手で、つえを屋根《やね》にそってのばしていきました。

なにか明るいものを引きよせようとしているようです。

と、体がすべりはじめました。手にさすような痛《いた》みが走りましたが、それでもしっかりとふうとうをつかみました。

ふと気がつくと、見知《みし》らぬ顔がみおろしています。

「ねていなさい！　動かないで！　救急車《きゅうきゅうしゃ》がきますからね！」

「のどがかわいて苦《くる》しいんじゃないかしら」すぐそばで声がしました。声の主《ぬし》は、緑《みどり》色《いろ》のぼんやりした光にてらされています。光にはかおりがありました。海草《かいそう》と潮《しお》のかおりでした。

「ねむりなさい」その声がいいました。「ねむって、しずかに横《よこ》になっていなさい」

バンベルトはとつぜん、子どもにもどった気がしました。

「動けないよ」バンベルトはつぶやきました。「ここはどこ？　光がまたたいているのはどこからくるの？」

カーテンがあきました。女の人がささやきかけました。

「おきなさい、小さな人。もう時間ですよ。出かけなければ！　船《ふね》が到着《とうちゃく》したんですよ。いま、いかりを下《お》ろしているところです」

「なんの船が？　あなたはだれ？」バンベルトはつぶやきました。

「おきてください、小さな人。急《いそ》がなければ」

バンベルトはおきあがると、着《き》がえさせられました。

「夢《ゆめ》をみていたんだ。すごくのどがかわいた」

女の人が、バンベルトの口に水の入《はい》った容器《ようき》をあてました。

「ゆっくり、ゆっくり飲《の》んでくださいね。むせないように」

「ありがとう」

しかしバンベルトがいいおわらないうちに、女の人はまたせかしました。

「船が待《ま》っているんですよ！」

看護婦《かんごふ》がバンベルトのベッドにやってきました。さっきからいた、もうひとりの看護婦がささやきました。

「水は飲《の》むのですが、意識《いしき》がないのです」

あとからきたほうの看護婦がいいました。

「このかたになにか変化《へんか》があったら、すぐにベルを鳴《な》らして呼《よ》んでくださいね！」

バンベルトは、女の人がだれか気づきました。コルドバのおひめさまの侍女《じじょ》です。

「なぜぼくをしばったの？」バンベルトはおどろいてさけびました。「裏《うら》ぎり者《もの》がいたの？　みはりはなにをしていたんだ？　あなたはどちらの味方《みかた》なの？」

侍女はほほえみました。

「ご心配《しんぱい》なさらずに。すべてよくなります。あなたを守るためなのですよ、小さなご主人《しゅじん》」

「両手《りょうて》をベッドのはしにしばりつけました」さっきの看護婦《かんごふ》がささやきました。「管《くだ》をぬこうとするものですから」

「なぜそんなことを？」バンベルトはおどろいてききました。

侍女《じじょ》が答えました。

「みはりがみても、とらえられているのだと思うでしょう。そのほうが安全《あんぜん》なんですよ！」

「信《しん》じなさい」すぐそばで声がしました。「すべてよくなる」

「しばられたほうが安全なら、がまんしよう」バンベルトはしぶしぶ答えました。

侍女はうなずきました。

「こちらへどうぞ、小さなご主人《しゅじん》。時間です」

ふたりは、長い通路《つうろ》をにげていきました。水のしずくが天井《てんじょう》から落《お》ちてきます。クモの巣《す》があちこちにあります。まるで、バンベルトたちを進《すす》ませまいとするかのように、胸《むね》にひっかかってきます。水のしずくが落ちる音が、石の壁《かべ》に反響《はんきょう》してすきとおったひびきを立てています。

「先へ進《すす》んで！　ふりかえってはだめです！」侍女《じじょ》がささやきました。

バンベルトはうめき声をあげました。

「手首にひもがくいこんできたよ。どうしてかな？」

「立ちどまらないで！」侍女がささやきました。「あとで切ってあげますから！」

やっと通路《つうろ》のはしに明かりがみえました。あとひとがんばりだ。もう遠くはない。もうすこしでたどりつくぞ！


ベッドにつきそっていた看護婦《かんごふ》は、バンベルトの小さな傷《きず》ついた体がこわばったのに気がつきました。あわてててべつの看護婦を呼《よ》びました。

「酸素《さんそ》を！」かけつけた看護婦は命《めい》じました。「急《いそ》いで、呼吸《こきゅう》が止まっているわ！」

バンベルトはとつぜん、新鮮《しんせん》な空気を感じました。出口は近い。そよ風が吹《ふ》いてくるもの。

あたりがとつぜん明るくなりました。バンベルトはまばたきをしました。目のまえの海に、大きなかげがういています。船《ふね》だ。

ボートが近づいてくる音がしました。

「お元気《げんき》で、小さなご主人《しゅじん》！」

侍女《じじょ》がおでこにキスをしてくれました。

バンベルトはしずかにボートで船にはこばれていきました。やがて、ボートをこぐ音がやみました。バンベルトは船についたのです。

すると、岸《きし》で警報《けいほう》が鳴《な》りました。

「もうおそいわ！」侍女がさけぶのが聞こえました。

助《たす》かった、切りぬけたんだ！

バンベルトは船に立ち、目をとじて、さまざまなものが風で鳴る音をきいていました。船がゆるやかに動きだしました。へさきを広い海にむけて進《すす》んでいます。陸地《りくち》の

警報《けいほう》の音がかすかになっていきます。

やっとバンベルトの手首のひもが解《と》かれました。

「ようこそ、船《ふね》へ！」

目をあけたとたん、どこにいるかわかりました。グラースの司教《しきょう》の船でした。

「どうしても、あなたにお会いしたかったんですよ」グラースの司教、アントワーヌ・ゴドーはバンベルトの手を取っていいました。それから、客室《きゃくしつ》に案内《あんない》してくれました。

みんながバンベルトの到着《とうちゃく》を待《ま》っていたらしく、集まってきました。バンベルトの子どものオディールとジャン・バティストや、いちばんのお気にいりのコルドバのおひめさま。

「どうしてこんなに待たせたの？」

「話せば長くなるんだよ」と、バンベルト。

「ぼくは夢《ゆめ》のむこう岸《ぎし》にいたんだ。そこでぼくは、本を書いていたんだ。失《うしな》われた物語《ものがたり》の本をね。ゴドーさんには、とくによろこんでもらえるんじゃないかな。みんな

のことを、物語《ものがたり》のなかで思い出していたよ」

「その本、持《も》ってきてくれた？」

オディールとジャン・バティストが口をそろえてききました。

「いいや」バンベルトは残念《ざんねん》そうに答えました。

「夢《ゆめ》のむこう岸《ぎし》からは、なにも持《も》ってこられないんだ。それどころか、ぼくをしばって、こっちにこさせまいとしたんだよ」

「よかったわ、こっちにもどってきてくれて！」

コルドバのおひめさまは、バンベルトを抱《だ》きしめました。

「約束《やくそく》して。もうぜったいに夢のむこう岸にはいかないって！」

バンベルトは恋《こい》する人の肩《かた》ごしに司教《しきょう》のアント

ワーヌ・ゴドーをみつめました。司教《しきょう》はそっと首をふりました。

「きっと、もうだいじょうぶだよ」

バンベルトはそういって口をとじました。夢《ゆめ》のむこう岸《ぎし》の情景《じょうけい》がしだいにうすれていくのを感じました。

バンベルトは、しみじみと思いました。いまはもう、夢のこちら岸にいるんだ！

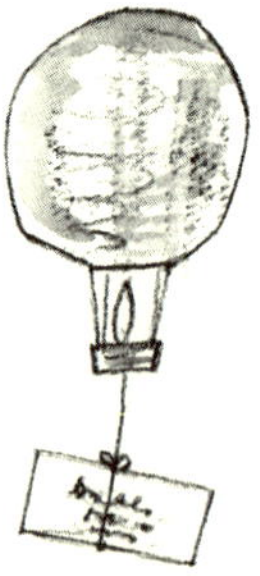

ブリュムケはペンを下《お》ろしました。それからもういちど、いま書きつけた十一番めのおはなしを読みなおし、ファイルにしまいました。
バンベルトが、この本だけでもこちらにのこしてくれて、ほんとうによかった。ブリュムケはそう思いながら、明かりを消《け》しました。

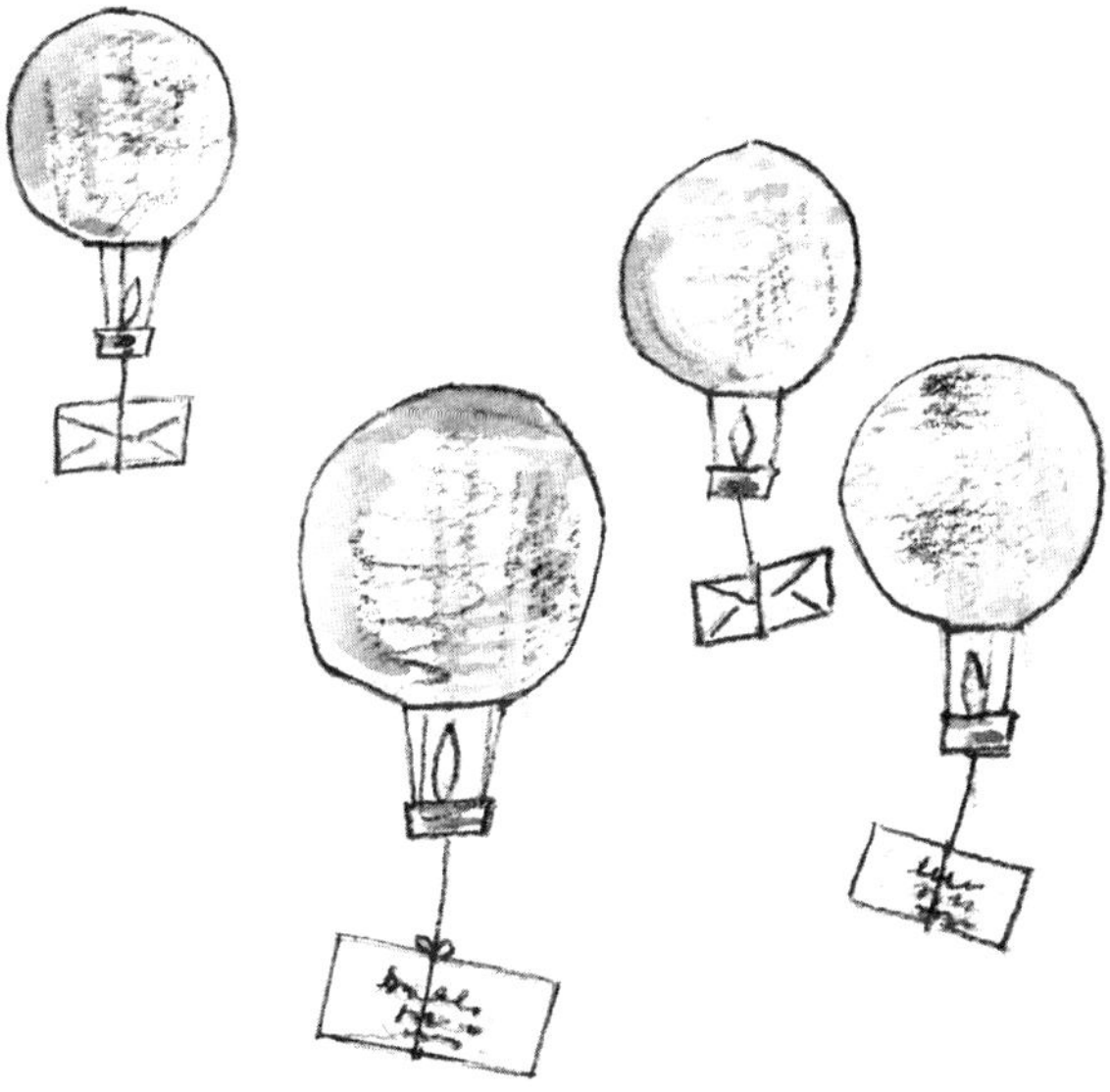

気球《ききゅう》のたどりつく場所《ばしょ》――訳者《やくしゃ》あとがきにかえて

屋根裏《やねうら》で空をみつめて遠い世界に思いをはせて生きる、体の小さなバンベルトおじさんの心には、たくさんの物語《ものがたり》がつまっています。あるとき、バンベルトは、本の中にとじこめられている物語がかわいそうになりました。そして、物語を気球にのせて広い世界に旅《たび》だたせることにします。気球にのったおはなしには、自分では自由に旅することのできないバンベルトの希望《きぼう》がこめられていました。それから物語は長い時間をへて、ゆっくりともどってきはじめます。

それぞれの小さな物語には、いずれも理屈《りくつ》では説明《せつめい》のできないふしぎなものが、すこしずつつまっています。その小さなふしぎの数々《かずかず》と、長年《ながねん》のあいだ、つかずはなれず、ともに生きてきたバンベルトとブリュムケのしずかな友情《ゆうじょう》とが、横糸《よこいと》と縦糸《たていと》となって、織物《おりもの》のような物語世界が一段《だん》一段《だん》と編《あ》まれていきます。さいごにブリュムケが明かりを消《け》すときには、この本を読んでいるみなさんの心にも、さまざまな色あいのイメージがのこるのではないでしょうか。

この織物《おりもの》に織《お》りだされていくもようは、けっして明るい色あいのものばかりではありません。むかしばなしのようなうつくしいお城《しろ》やおひめさまがでてくるかと思えば、牢屋《ろうや》や戦場《せんじょう》が舞台《ぶたい》になったりもしています。けれども作品《さくひん》の全体《ぜんたい》をながめれば、人と人の心をつなぐあたたかな思いやりにあふれているような気がします。なかにはさまざまな子どもがでてきますが、どんなきびしい状況《じょうきょう》に生きる子どもにも、作者《さくしゃ》の希望《きぼう》に満《み》ちたまなざしがそそがれているようです。

この本の作者ラインハルト・ユングさんは、一九四九年にドイツに生まれ、一九九九年に五十才のわかさで亡《な》くなりました。この作品は、亡くなる前年《ぜんねん》に出版《しゅっぱん》されていますが、ラストシーンがユングさん自身《じしん》の人生とふしぎとからまっているようです。ユングさんはわかいころ、ベルリンでジャーナリスト、コピーライターとしてはたらいたのちに、四十才のころから南ドイツで、子ども向けラジオ放送《ほうそう》の仕事《しごと》を手がけました。そして、この経《けい》験《けん》を生かして本を書きはじめ、「キリンの首はなぜ長いの？」「牛乳《ぎゅうにゅう》はなぜ白いの？」

といった素朴《そぼく》な疑問《ぎもん》に、物知《ものし》りペンギンのフラックが、ユニークな答えをくりひろげていくシリーズや、南米《なんべい》に生きる少年の成長物語《せいちょうものがたり》などを発表《はっぴょう》しました。ペンギンが語《かた》るゆかいな三作品《さくひん》は、いまもドイツの子どもに人気《にんき》があるシリーズです。

さいごに、この作品の翻訳《ほんやく》にあたっては、多くのかたがたのご厚意《こうい》をいただきました。そこにもふしぎなタイミングがからみあっていたような気がします。そしてとくに早川書房の大黒かおりさんには、ていねいに読んでいただきお世話《せわ》になりました。お礼《れい》を申《もう》しあげます。

二〇〇二年十月

早川書房の児童書〈ハリネズミの本箱〉

おはなしは気球《ききゅう》にのって

二〇〇二年十一月十日　初版印刷
二〇〇二年十一月十五日　初版発行

著　者　ラインハルト・ユング
訳　者　若松宣子《わかまつのりこ》
発行者　早川　浩
発行所　株式会社早川書房
東京都千代田区神田多町二ノ二
電話　〇三‐三二五二‐三一一一（大代表）
振替　〇〇一六〇‐三‐四七七九九
http://www.hayakawa-online.co.jp
印刷所　精文堂印刷株式会社
製　本　大口製本印刷株式会社

Printed and bound in Japan
ISBN4-15-250004-2　C8097

早川書房の児童書〈ハリネズミの本箱〉

名探偵《めいたんてい》カマキリと5つの怪事件《かいじけん》

ウィリアム・コツウィンクル
浅倉久志訳
46判上製

虫の世界に事件《じけん》が起《お》きる！

スマートなカマキリ探偵《たんてい》と食いしんぼうのバッタ博士《はかせ》は名《めい》コンビ。ある日、サーカスの花形《はながた》、チョウのジュリアナ嬢《じょう》がショー中《ちゅう》に消《き》えた。調査《ちょうさ》をはじめた二人《ふたり》に、かつてない強敵《きょうてき》の魔《ま》の手が迫《せま》る！　謎《なぞ》と冒険《ぼうけん》がいっぱいの全《ぜん》五篇《へん》